어둠의 연기법

어둠의 연기법

© 정광모

1판 1쇄 발행 | 2022년 7월 20일

지은이 | 정광모
펴낸이 | 정홍수
편집 | 김현숙 이명주
펴낸곳 | (주)도서출판 강
출판등록 | 2000년 8월 9일(제2000-185호)

주소 | 서울시 마포구 동교로17안길 21 (우 04002)
전화 | 02-325-9566
팩시밀리 | 02-325-8486
전자우편 | gangpub@hanmail.net

값 13,000원
ISBN 978-89-8218-303-4   03810

  본 도서는 2022년 부산광역시, 부산문화재단 부산문화예술지원사업으로 지원을 받았습니다.

어둠의
연기법

정광모 장편소설

강

차 례

마지막 승부를 내야 했다. 상대는 공격 자세로 거리를 좁혀 들어왔다. 카메라 화면을 지켜보는 감독도 모자를 고쳐 쓰며 숙연한 종말을 기대하고 있었다. 비가 흩뿌리는 촬영장은 조명이 비춘 음울한 푸른색으로 물들었다. 나는 숨을 고르며 맞은편 행동대장 앞으로 한 걸음 다가섰다. 그때 나를 촬영장으로 이끈 영화가 문득 떠오르며 나를 그날의 영화관으로 데려갔다. 영화 장면과 옆자리의 팝콘 냄새까지 생생하게 떠올라 나는 흠칫 몸을 떨었다.

영화를 보며 무섭지는 않았다. 소스라치게 놀랐을 따름

이다. 뻣뻣하게 굳은 채로 영화를 봐서 목과 어깨가 뭉쳤다. 숨소리가 때때로 거칠어지고 나도 모르게 이를 악물었다. 장면이 하나씩 지나고 대사와 풍경이 의식에 녹아들자 깊은 동굴에 혼자 던져진 느낌이었다. 동굴을 채운 암흑이 나를 옥죄고 수십 마리 박쥐가 눈앞에서 후드득 날아올랐다.

옆자리 여자는 부지런히 팝콘을 먹다가 사람이 죽는 장면이 나오면 컵에 든 커피를 빨대로 빨아올렸다. 여자는 커피를 들이켜고는 경찰이 범인을 잡지 못하는 답답한 영화 진행에 지쳤는지 한숨을 쉬었다. 나는 여자가 커피를 빨대로 빨아올리는 소리에 움찔 놀라면서 내 자리가 동굴 깊은 바닥이 아니라는 사실에 안도했다. 몸을 조인 긴 시간이 지나고 영화가 끝났다.

화면에 끝없이 올라가는 출연자와 제작진 이름에 눈을 고정한 채 숨을 가만가만 쉬었다. 누군가 내 목덜미를 붙잡고 통로 계단에 내동댕이칠 듯한 서슬에 흠칫 고개를 돌렸다. 아무도 없었다. 범인을 잡으려고 바닥을 박박 기며 단서를 찾던 영화 속 형사 박두만이 그 자리에 있을 리 없었다. 화성에는 박두만을 닮은 경찰이 많았다. 열성은 좋았지만 증거를 모으는 기법은 바닥이었다. 그러나 주먹구구라도 경찰은 경찰이라서 자칫 방심하면 경찰이 던진 그물에 걸려들 수 있었다. 경찰이 화성에 쳐놓은 덫도 완벽하게 피했던 내가 이런 영화 한 편에 기세가 눌리다니, 내가 생각해도 어이가 없었다. 뭐라고 변명하든 내 몸을 엄습한, 불안과 초조를 낀 놀라움은 쉽게 가라앉지 않았다. 영화는 잡히기 직전의 나를 보여주었다. 나는 영화 장면 곳곳에서 흔적이 남은 나를 발견할 수 있었다. 실제 살인 현장도 아니고, 영화는 한참 뒤에 만들어진 것인데도 말이다.

영화관 불이 켜졌다. 텅 빈 스크린은 마법의 위력을 잃었고 영화관은 보잘것없는 현실의 평범한 장소로 돌아갔다. 음습한 살인과 집요한 추적은 순식간에 자취를 감추었다. 상상 속 살인의 세계에서 현실로 돌아온 관객들은 수런수런하며 통로를 지나 출구로 향했다. 출구로 빠져나가는 관객들 사이로 "영화 괜찮았어?" "어유 무서웠어, 범인을 꼭 잡았어야 했는데……" 하는 말들이 흘러 다녔다. 나는 팔걸이를 잡고 일어서려 했으나 발목에 쇠공을 채운 것처럼 몸이 움직여지지 않아 발끝을 쭉 펴고 접기를 반복했다. 청소하는 아주머니가 들어와서 영화관에 홀로 앉아 있는 나를 흘끗 바라보았다. 아주머니는 바닥에 떨어진 컵과 팝콘을 쓰레기봉투에 담으면서 계단을 타고 윗줄로 빠르게 올라갔다. 아주머니가 철제 난간을 집게로 탕탕 두드리는 소리에 짜증이 섞여 있었다. 나는 그제야 겨우 일어섰다. 고관절이 빡빡하게 굳어서 오른쪽 다리를 끌면서 천천히 출구로 나왔다. 군은 어깨를 주무르며 다리를 쭉 폈다.

영화에 나온, 형사가 용의자 사진을 붙이는 농협 수첩은 그 시절을 기억 속에서 불러냈다. 그때 화성의 형사 중에 농협에서 만든 수첩을 들고 다니는 이들이 더러 있었다. 수첩 표지에 히읗 모양 윗부분에 브이자 꼴을 놓은 마크가 붙어 있었다. 마크 옆에 농협 두 글자가 두껍고 촌스럽게 박힌 수첩은 수첩이라기보다 공책에 가까웠다. 나도 낡은 농협 수첩을 든 형사 앞에서 조사를 받은 적이 있었다. 경찰청에서 지원 나온 것처럼 보이는 형사 둘은 우리 회사를 찾아왔다. 한 형사가 담배를 피우며 사무실 게시판을 훑어보는 동안, 다른 형사는 농협 수첩을 꺼내놓고 따분한 목소리로 수상한 사람을 본 적이 없냐고 내게 물었다. 경리를 보는 최 양이 재빨리 믹스커피와 과자를 내놓았다. 연이은 살인 사건으로 그곳에는 쓸데없이 형사들이 넘쳐 공장 사무실마다 경리와 시시덕대며 커피를 마시곤 했다. 형사가 책상에 내려놓은 수첩에는 수사본부에서 배당받은 탐문 수사를 해치우기 위해 만난 업체와 직원들의 인적 사항이 어지럽게 적혀 있었다. 형사는 자신이 던진 투망에 뭔가 걸려드는 행운이 쉽사리 일어나지 않는다는 현실에 익숙해진 것처럼 보였다. 형사는 시들함과 피곤이 눈꺼풀에 쌓여 논둑에서 수상한 사람을 보았다고 하면 쓸데없는 소리는 집어치우라고 야단을 칠 모양새였다. 나는 공손하게 응답했다. 형사는 수첩을 덮더니 하품을 하고는 내게 물었다. 당신 생각에 범인이 어떤 스타일일 것 같아? 저기요, 뭐라고 했는지요. 형사는 스타일이란 표현이 맘에 들었는지 '타'를 '따'로 높고 빡빡하게 발음했다. 범인이 어떤 놈일 것 같냐 말이야. 나는 황급히 응답했다. 그야, 미친놈이죠.

영화는 화성의 시멘트 공장 사무실에 근무하는 박현규까지 쫓아왔다. 두툼한 책을 읽고 있던 이십대 후반의 날씬한 체구에 손이 곱고 새하얀 얼굴의 남자. 영화에서 박현규가 무심하게 형사를 바라보는 눈빛은 맑고 또렷했다. 곱상하게 생긴 박현규 역을 한 배우가 박해일이라고 했나. 영화에 나온 시멘트 공장은 내가 다닌 레미콘 공장에서 꽤 떨어져 있었다. 시멘트 공장이 대기업이라면, 우리 레미콘 공장은 구멍가게에 불과했다. 석회석과 점토질을 섞어 1,400도가 넘는 고온에서 원료를 굽는 시멘트 공장이 밀가루 공장이라면, 우리는 구입한 밀가루로 단팥빵을 만들어 판다고나 해야 할까. 박현규는 화성 어딘가에 살면서 경찰에게 범인으로 찍혀 고초를 겪는 가공의 인물이었다. 그런데도 시멘트 공장의 박현규는 내 옆 가까이에 있던 사람으로 느껴졌다.

레미콘을 만드는 공장에는 탑형 플랜트와 원료 보관 창고, 사무실이 있었다. 사무실은 책상과 의자가 놓인 단순한 회색 시멘트 건물이었다. 시멘트와 자갈과 모래를 섞어 레미콘을 만들면서 분진이 뿌옇게 깔려 사무실에 있으면 목이 버석버석했다. 벽에는 믹서 트럭 배차와 레미콘 공급 상황을 적은 칠판 두 개가 걸려 있었다. 레미콘을 만드는 소리가 종일 불규칙하게 뒤섞여 시간을 휘젓고 사무실로 날아들었다. 많지 않은 직원 중 세 명은 건설업체와 주택업체를 다니며 영업을 뛰어 얼굴을 보기 힘들었다. 1984년부터 화성에는 레미콘 공장이 여러 곳 들어섰다. 도로와 건물과 아파트가 수원과 경기 남부 곳곳에서 올라갔다. 1986년 9월 서울에서 아시안게임이 열렸고, 1988년에는 서울올림픽이 열렸다. 텔레비전 화면에 태릉선수

촌에서 상대를 바닥에 메다꽂고 가슴으로 누르는 레슬링 훈련 장면이 자주 나왔고, 아나운서는 선수가 흘린 땀의 가치를 일깨우며 반드시 메달을 따리라는 말을 뉴스 마무리에 올렸다. 86아시안게임과 88올림픽은 한국을 새롭게 건설하는 마법의 깃발로 눈길이 가는 곳마다 세찬 바람을 받아 펄럭였다. 건설 현장마다 돈이 풀렸고, 그 파장은 레미콘 공장도 따뜻하게 감쌌다.

나는 믹서 트럭을 배차하고 시멘트와 모래의 입고와 출고, 거래명세 정리를 맡았다. 업무는 하루하루 똑같이 돌아갔다. 시멘트와 자갈과 모래를 섞는 일손이 모자라면 장갑을 끼고 도와주기도 했다. 일은 단조롭게 정해진 궤도를 따라 굴러갔고, 평온하게 윗사람의 말에 따라 움직이면 그뿐이었다. 대신에 봉급이 박해 직원들은 오래 버티지 못했다. 그중 레미콘을 제조하고 기계를 다루는 공무기사 두 명은 제대로 대접을 받았다. 푸른색 제복을 입은 두 사람은 오십대 초반과 사십대 중반으로 칠 년쯤 나이 차이가 났는데 둘 다 말수가 적은 데다 얼굴 표정에 변화가 없어 영락없이 회색 시멘트 재질을 닮았다. 둘 사이는 명령하고 복종하는 질서가 굳건했다. 상사인 오십대 기사가 계량 설비를 조정하라고 말을 던지면, 후임은 레미콘 출하가 몇 시간 늦어질 우려가 있어도 군소리 없이 일을 시작했다. 지시대로 작업하는 도중에 이상이 생기면 그때는 상사가 책임지고 기계를 조정했다.

레미콘 공장 옆으로 오십 미터쯤 거리를 띄워 비닐하우스가 일곱 동쯤 늘어서 있고, 그 옆으로 밭이 이어져 있었다. 다른 한편에는 종업원이 몇 명뿐인 도금 공장과 단조 공장이 몸을 엎드려 옹기종기 모여 있었다. 레미콘 공장이 접한 좁은 시멘트 포장도로를 따라 삼십 분에 한 대씩 버스가 다녔다. 덜컹대며 먼지를 뿌리는 버스를 타는 승객들은 행색이 고만고만했다. 밤이 되면 배차 시간은 길어지고 승객도 그만큼 줄었다. 어둠이 내리면 탑형으로 솟은 레미콘 제조 플랜트가 거대한 남근처럼 주변을 장악했다. 사위가 조용해지면 바람이 도로를 따라 선 나무의 가지를 무심하게 흔들었다. 숙직실에 앉아 있다가 밖으로 나와 시커먼 밭과 희멀건 빛을 발하는 비닐하우스를 바라보면 어둠이 나를 부추겨 어딘가로 데려가고자 술수를 부리는 듯했다. 어둠은 한 겹 한 겹 내 속에 쌓여 나를 싸안고 어딘가로 끌고 갔다. 덜컥 나를 끄는 충동이 오면 나는 사무실 밖으로 나와 높이 솟은 레미콘 제조 탑 주위를 배회했다. 어떤 날은 숨이 턱턱 막히도록 공장을 돌아 뛰기도 했다. 캄캄한 밭 쪽으로는 시선을 주지 않았다. 그쪽으로 쫓아가기만 하면 뭔가가 내 속에서 터져 나를 산산조각으로 부숴 허물 것만 같았다. 나는 공장 주변을 빙빙 돌며 한사코 밭의 어둠으로 들어가지 않으려 했다.

내 동료 중에 손이 고왔던 사람은 없었다. 아니다. 손이 고운 동료가 있었는지도 모른다. 어쩌면 내 손이 고왔는지도 모른다. 화성을 떠나면서 그곳에 얽힌 기억을 허물로 벗어 통째로 던져버렸다. 화성의 밭과 논둑과 풀숲에 관한 기억을 상자에 넣고 밀봉해서 지하실 맨 아래에 쑤셔 넣고 그 위에 부서진 가구와 짐을 쌓아놓았다. 파괴된 나 자신의 일부도 빈틈없이 싸서 그곳에 봉인해놓았다. 그런 게 가능하냐고 묻는다면 그렇다고 대답할 수 있다. 십몇 년 동안 나는 몸뿐만 아니라 기억도 화성에서 멀리 벗어났다.

영화를 보자 갑자기 화성의 풍경과 소리가 어제 내가 있었던 곳처럼 하나씩 생생하게 되살아났다. 이상한 일이었다. 영화 화면에 실제 인물처럼 등장한 박현규가 내 옆자리에서 오래 같이 일했던 동료처럼 느껴졌다. 박현규는 내게 커피를 권하고, 우거지가 듬뿍 든 추어탕을 같이 먹으러 다닐 것 같았다. 형사가 찾아오면 손을 책상 아래로 내려 넌지시 내 쪽을 가리키며 따져보니 수상한 점이 많다며 내 정보를 넘겨줄 것만 같았다.

영화관 화장실에 들어가서 나오지 않는 오줌을 짜냈다. 거울에 비친 내 얼굴이 낯설게 느껴져 오래 손을 씻으면서 얼굴을 살폈다. 고개를 드니 내 뒤에서 손 씻는 순서를 기다리는 짜증 섞인 얼굴이 거울에 비쳤다. 몸을 바짝 붙여 나란히 걸어 내려가는 연인을 지나쳐 난간을 붙잡고 천천히 계단을 내려왔다. 경사가 급한 계단은 난간이 헐겁게 고정돼 살짝 흔들렸다. 영화관 후문을 빠져나와 삼겹살 냄새 풍기는 술집을 지나 골목으로 들어갔다. 갈색 고양이가 쓰레기봉투를 찢다 나를 쳐다보고는 태연히 봉투 속으로 앞발을 넣었다. 내가 가까이 다가서도 관심을 두지 않는 고양이 허리를 발로 툭 치자 그제야 화들짝 몸을 비틀어 골목 안쪽으로 달아났다. 쓰레기봉투에서 젓가락이 삐져나오고 닭 뼈가 바닥에 떨어졌다. 살이 붙어 있는 닭 다리뼈를 발로 차버리고 담배를 물었다.

가로등 불빛이 희미한 골목 안쪽에서 에이 씨발, 욕설이 들렸다. 착 달라붙은 바지에 청재킷을 걸치고 무스를 발라 머리를 세운 젊은이와 덩치가 크고 상체가 단단해 보이는 또 한 명의 젊은이가 마주 보고 서 있었다. 청재킷이 다가와 나를 형씨라며 불렀다. 나는 아무 말도 하지 않고 담배를 길게 빨아 당겼다. 어둠에 맞서며 담뱃불이 빨갛게 달아올랐다. 청재킷은 목을 좌우로 흔들더니 '형씨, 이거 우리에게 날린 거요?'라며 말을 걸었다. 덩치가 큰 친구는 팔짱을 끼고 얼굴을 찌푸렸다. 나는 반쯤 남은 담배를 바닥에 비벼 껐다. '거, 몰랐습니다. 미안하게 됐습니다.' 나는 한 가치를 꺼내고 남은 담뱃갑을 통으로 청재킷에게 건넸다. 덩치 큰 친구가 내 얼굴을 슬쩍 살피고, '아니 뭐 이렇게까지야' 하면서 한발 물러섰다. 청재킷이 어깨를 으쓱하고는 '조심하셔야죠' 하면서 몸을 돌렸다.

나는 파출소로 갈 수도 있는 사소한 시비를 조심했다. 말다툼이 생기면 뒤로 물러났고 횡단보도 신호는 꼭 지켰다. 술집에서 직원이 실수로 안주를 내 어깨에 쏟아 주인이 달려왔을 때도 괜찮다며 안심시켰다. 나는 미소를 띠고 '어디서 씻으면 되나요?' 하고 물었고 주인과 직원은 나의 너그러움에 황송해하며 화장실로 안내했다. 최근의 나는, 흔한 표현으로 말해 법 없이도 살 사람, 누구에게도 피해를 주지 않고 살 인간이었다. 문득 어떤 상상이 눈앞에 펼쳐졌다. 시비를 건 청재킷의 양손을 뒤로 묶고 재갈을 물렸다. 놈이 발버둥질하면 팔꿈치로 요추를 찍었다.

바지를 끌어내리고 피부에 걸친 옷을 하나씩 제거하면 놈이 낑낑대면서 오줌을 지린다. 나는 청재킷 옆에 앉아서 무력한 나체의 배를 손가락으로 쿡 찔러본다. 나는 달아오르는 상상을 지그시 누르고 바닥에 떨어진 담배를 발로 꾹꾹 눌렀다. 상상은 남몰래 행동으로 변해 탈출하기를 꿈꾸는 존재였다. 긴 시간 나는 그런 불온한 상상에서 멀리 떨어져 지내왔다.

조용한 골목길에서 나는 담배를 다시 입에 물었다. 영화에 나오는 논길이 나를 그날 밤 풀밭으로 데리고 갔다. 그 전날 나는 숙직을 했다. 혼자 사는 나는 혼자 지내는 밤에 익숙했다. 동료와 상사가 숙직을 대신 서도록 부탁하면 군말 없이 받아들였다. 그들은 소주와 맥주, 치킨을 가득 시켜 탁자에 안겨주고 나는 레미콘 공장의 밤을 독차지했다. 나는 혼자 조용히 지내는 날이 좋았다. 사람을 만나면서 내 마음에 정해진 경계를 넘어 잘 어울리는 건 불가능에 가까웠다. 내 마음에는 열리지 않는 고장 난 자물쇠가 달려 있었다. 누가 선을 넘어 다가오면 내 심장은 얼어붙었다. 나를 둘러싼 두 팔 길이의 경계는 단단하게 그어져 있어, 선에 가까이 오면 기차가 지나가는 건널목의 경고음처럼 요란한 소리를 냈다.

레미콘 공장에서 오후 늦게 마지막 믹서 트럭이 떠나면 청소를 하고 원재료를 정돈해두었다. 공장장은 원료 창고의 재고를 확인하고 열쇠를 채웠다. 정문을 닫아걸고 보안장치를 올리면 레미콘 공장의 조용한 저녁은 일찍 찾아왔다. 불이 켜진 숙직실은 누군가가 공장을 지키고 있다는 신호였고 그 신호 자체로 의미가 있었다. 혼자 있어도 절도를 걱정하지는 않았다. 모래와 자갈, 시멘트 포대 같은 중량물은 누가 훔쳐가도 빼낸 곳이 뻔해 판로를 찾기 어려웠다. 게다가 무거운 물건들이라 차량으로 옮겨야 해서 잡히기도 쉬웠다.

밤이 오면 불안감과 초조함, 강렬한 분노가 섞인 감정에 쫓기곤 했다. 공장장도 동료들도 모르는, 어쩌면 나 자신도 모르는 감정이었다. 감정 덩어리는 분명한 형체를 갖추고 몸속에 들어앉아 있었다. 덩어리는 고체가 아니라 끈적한 액체로 몸 안을 빙글빙글 돌아다녔다. 몸을 돌아다니는 감정 덩어리가 삐죽삐죽 솟아오르면 피부가 가려웠다. 가려움은 턱을 따라서 머리와 등으로, 다시 온몸을 돌았다. 턱을 긁으면 가려움은 머리로 가고 머리를 긁으면 어깨와 등으로 번지고 다리까지 내려갔다. 가려움은 형태를 달리해 반점으로 나타나기도 했다. 손목에서 시작하는 검고 불그스레한 반점이 팔을 타고 어깨로 갔다가 목덜미로 올라왔다. 내 감각은 반점이 나타나는 것을 알아차렸다. 다른 사람은 손목에 나타난 반점을 알지 못했다. 어디에 반점이 있다는 말이야? 아무리 봐도 없는데, 과민반응 아냐? 의사는 피부 민감증이라고도 말했다. 피부에 뭐가 기어 다니거나 낱알이 생기는 느낌이 들죠? 그렇다고 말했다. 실제로 그런 건 아니고요. 착각이지요. 스트레스가 높으면 잘 생깁니다. 의사 말은 사실이 아니었다. 정말 뭔가가 피부에서 움직였다. 그 뭔가는 생생하게 움직이면서 자신의 존재를 또렷하게 알렸다.

감정 덩어리는 어둠과 짝을 맞춰서 움직였다. 밤에 감정 덩어리가 나를 덮치면 나는 공포에 질리기도 했고 덩어리가 가리키는 대로 분노에 싸이기도 했다. 덩어리는 내 속에 든 또 다른 나였다. 내가 감정 덩어리에 그냥 당하고 있었던 것은 아니다. 나는 덩어리를 꺼낼 수만 있다면 칼로 피부를 째고 놈을 들어내어 패대기쳤을 것이다. 나는 그렇게 할 용기가 없었다. 내가 설령 덩어리를 없애려고 시도했다고 해도 힘이 센 덩어리는 앞발로 나를 누르고 으르렁거릴 터였다.

그렇다. 1986년 9월 14일 밤에 내가 일으킨 사건은 감정 덩어리의 손에 휘둘려 벌어진 일이었다. 9월 14일은 선명하게 날짜를 기억한다. 그날 오후, 김포공항 국제선 청사에서 폭탄이 터졌다. 청사 일층 쓰레기통에서 사건이 발생했고 여러 명이 죽고 다쳤다. 사무실 텔레비전에 아수라장으로 변한 공항 현장이 계속 나왔다. 공항의 불특정 시민들을 공격한 폭탄은 엿새 뒤에 서울에서 열리는 아시안게임이 제대로 개최될지 의구심이 들 만큼 위력이 넘쳤다. 나는 밤늦게까지 뉴스를 틀어놓고 멍하니 화면을 지켜보았다. 나는 사람이든 사물이든 내 마음의 안전핀을 건드리는 접촉은 피했다. 접촉을 피해도 안전핀이 헐거워지거나 고장이 나서 저절로 뽑힐 수도 있었다. 나는 그 시간을 늦추려고 밤마다 들판을 쏘다녔는지도 모른다. 안전핀은 마음속 물길을 막은 마개에 연결되어 있었다. 공항 테러는 내 마음속의 무언가를 건드렸다. 깊이를 알 수 없는 걸쭉하고 검은 물길. 나는 검은 물길이 흐르기 시작하는 처음이 두려웠다.

나는 숙직하는 날 밤이면 레미콘 공장을 벗어나 주변을 방황했다. 어둠이 밀려오면 검은 상의와 검은 바지, 검은 신발 차림으로 어둠과 하나가 된 나는 먼 곳까지 순식간에 걸어갔다. 어둠 속에서 눈은 밝아지고 발걸음은 빨라졌다. 나는 야밤에 논둑과 밭과 풀숲을 돌아다니면서 뜨거운 쇳물같이 달아오른 감정을 식히려고 노력했다. 9월 14일, 그날 밤에 논길을 돌다 혼자 걸어가는 할머니와 부닥뜨린 나는 놀랐다. 짙은 어둠이 감싼 나무와 풀숲과 논두렁이 희미한 모습으로 자신들의 정체를 드러내고 있었다. 할머니는 놀란 것 같지는 않았지만 어둠 속의 형체가 이상했던지 걸음을 멈췄다. 행운이 따랐다면 그날 밤의 조우는 스쳐 지나가버리고 나와 할머니 모두의 기억에서 또렷한 흔적을 내지 못했을 것이다. 내 몸에서 맹렬하게 뛰쳐나온 감정 덩어리만 없었다면 말이었다. 놈은 그냥 목구멍을 통해 밖으로 탈출한 게 아니었다. 나를 비수로 쫙 쪼개고 시뻘겋게 나타났다. 놈은 자신이 원할 때면 언제든지 나타나 내 목에 올가미를 걸고 끌고 다닐 수 있는 힘을 지니고 있었다. 나는 놈에게 복종해야 하는 피조물로 놈의 힘에 무력하게 굴종할 따름이었다. 정신을 차리고 보니 나는 할머니를 풀숲으로 끌고 가서 목을 조르고 있었다. 다른 기억은 새하얗게 지워졌다. 의식이 살아 있지 않았기에 오히려 냉철하게 일을 저지르고 점검했을 것이다. 그러고는 깨끗이 잊어버렸다. 할머니를 알몸으로 버려두었다고 하나 알지 못한다. 손가락과 손바닥, 팔과 어깨에 전해지는 압력과 발버둥 치는 할머니의 움직임만 또렷하게 내 몸과 머리에 새겨졌다. 아니, 하나가 더 기억난다. 무심코 챙긴 할머니의 돈을 둑길 어딘가에 묻어버렸다. 단정하게 접힌 지폐였다. 후에 할머니가 밭에서 재배한 열무와 고추를 판 돈이라고 들었다. 신문은 할머니를 죽인 범인을 강도로 판단했다. 강도라는 단어가 풍기는 천하고 상스러운 냄새에 나는 화가 났다. 만약 잡혔다면 번쩍대는 카메라 플래시 앞에서 난 강도가 아니라고 꺼드럭대었을지도 모른다. 사건을 조사한 경찰은 범행 시간을 다음날인 9월 15일 새벽 6시 20분경으로 발표했다. 여덟 시간이나 차이가 났다. 언제 죽어도 죽음은 똑같지만 말이다.

숙직실로 돌아온 나는 샤워기 아래 흐르는 물방울에 몸을 맡겼다. 비눗물은 따뜻하게 살갗을 적시고 거품을 내며 배수구로 뱅글뱅글 빠져나갔다. 테두리의 갈색 칠이 벗겨진 벽면 거울을 쳐다보았다. 송곳니가 길게 솟고 머리에 뿔이 난 괴물은 거울 뒷면으로 물러났고 기억의 검은 물길을 따라 일렁이는 사람의 윤곽이 보였다. 윤곽은 남자였다가 어머니로 바뀌었다. 어떨 때는 어머니였다가 남자로 모습을 바꿨는데 애당초 둘은 하나였는지 모른다.

어린 시절 어머니는 술집을 했다. 어머니 가게는 바깥 미닫이문 유리에 맥주, 양주, 소주라는 글자와 분홍빛 칵테일 잔을 마주치는 도안이 그려져 있었다. 반투명 유리에 붙은 '양주' 글자는 '주'의 한쪽 귀퉁이가 떨어져 나갔고 '양' 자만 남았다. 문을 열면 테이블 다섯 개가 놓인 작은 홀과 방이 두 개 나왔다. 방 하나는 술손님을 받았고, 하나는 어머니와 내가 사는 살림방이었다. 살림방 옆에 작은 부엌이 붙었고 변소는 공용으로 뒤쪽 마당에 있었다. 아버지가 누군지는 알 수 없었다. 어머니는 내게 한 번도 아버지 얘기를 하지 않았고 나 역시 묻지 않았다. 아빠는 어디 있어, 라는 질문은 철모르는 어린 나이에도 입 밖으로 내면 안 된다는 걸 알고 있었다. 어린 내가 언젠가 '아빠와 같이 살면 좋겠다, 그지?' 하고 물은 적이 있었다. 어머니는 아빠 이미지를 불러냈을지도 모를 나를 가만히 쳐다보았다. 차갑고 싸늘한 눈이었고 입매는 엄격했다. 눈도 깜박이지 않고 숨도 쉬지 않는 어머니가 무서웠지만 그 앞을 벗어날 수가 없었다. 쌍갈진 혓바닥을 날름거리며 내 얼굴로 다가오는 거대한 뱀에게 잡혀 있다고 할까. 나는 진땀을 삐질삐질 흘리다가 우왕 울음을 터뜨리고 말았다. 어머니는 그래도 나를 안아주지 않고 울고 있는 나를 지켜보기만 했다. 오랜 시간이 지나서야 어머니는 일어났다.

어머니는 삼십대 초반부터 술집을 했고 열 살 남짓 나이를 더 먹은 공씨 아줌마가 어머니를 도와주었다. 공씨 아줌마는 손님 옆에 앉아서 노래도 부르고 술안주도 만들었다. 여자 둘이 하는 술집은 그럭저럭 손님이 있었으나 이런저런 소란과 실랑이가 끊이지 않았다. 손님 비위를 맞추면서 척지지 않고 술집을 운영하는 것은 담장 위를 아슬아슬하게 한 발 한 발 걷는 모습과 같았다.

살림방은 손님방과 목재 미닫이문을 사이에 두고 있어 손님들의 웃음과 실랑이는 쉽게 넘어왔다. 커튼을 밀고 미닫이문 틈새에 눈을 바짝 대면 손님방 모습이 어렴풋하게 들어왔다. 뚱뚱하고 머리가 벗어진 단골은 여자 둘의 손을 잡았고 가슴과 허벅지에 손을 넣었다. 술집은 오일장의 주막이 건물 안으로 들어온 분위기였다. 경부고속도로 공사를 하던 시절이었고 술집 여자는 작부로 불렸다. 손님들은 내가 사는 방을 지나 변소로 다녔다. 변소로 가던 손님이 도중에 구토를 하기도 했다. 내 방의 문짝을 잡고 토한 손님도 있었다. 나는 불그죽죽하고 반쯤 삭은 건더기가 있는 토사물 냄새에 코를 틀어막고는 걸레로 닦아

냈다.

술상을 엎고 어머니와 공씨 아줌마를 후려치는 손님도
있었다. 손님이 접시를 깨거나 욕설을 하면 어머니의 악
다구니가 쏟아지고 드잡이가 이어졌다. 어머니는 호락호
락한 상대가 아니었고 피를 겁내지도 않았다. 근처 공장
에서 일하는 사람이 외상을 달아놓고 월말에 돈을 갚지
않으면 어떻게든 찾아 나섰다. 어느 동네나 몇은 있는 건
달이 웃통을 벗고 공짜 술을 먹으며 탁자를 쾅쾅 두드려
대기도 했다. 그럴 때면 죽자 살자 판을 가르는 싸움이 벌
어지기도 했다. 이런 소리들은 미닫이문을 건너서 살림방
의 이불 속으로 날아 들어왔다. 잠결에 듣기도 하고 밤에
변소에 가면서 소동을 목격하기도 했다.

이런 소란이 없어지게 된 건 알통이 오면서였다. 알통
은 키가 크지 않았다. 내가 놈을 알통으로 기억하는 이유
는 살덩어리를 압축한 느낌을 주는 상체 근육 때문이었
다. 손이 컸고 손아귀 힘이 웬만한 짐승은 목을 졸라 죽
일 만큼 셌다. 목이 두껍고 단단한 사각 턱에 불룩불룩 근
육이 솟은 팔뚝과 허벅지도 두툼했다. 키는 크지 않은데
도 그 앞에 서면 거인을 대하는 느낌이었다. 눈은 크고 눈
빛은 억셌지만 때로 부드러웠다. 알통은 보름에 한 번꼴

로 와서 외상값이 오래 밀린 사람을 찾아가서 돈을 받아
냈다. 굵은 저음으로 내뱉는 '술값 받으러 왔어' 한마디
면 상대방은 지레 기가 죽어 순순히 돈을 내주었다. 어머
니를 괴롭히던 동네 건달 몇 명도 반죽음이 되도록 손을
봤다. 알통은 입을 꾹 다물고 상대가 비명을 지르며 다시
는 그러지 않겠다고 무릎을 꿇고 빌 때까지 사정없이 마
구 때렸다. 알통이 온 날 술집에서 행패를 부리던 손님은
재수가 나빴다. 알통은 흠씬 두들겨 팬 다음에 경찰에 신
고하면 가족들까지 가만두지 않겠다고 협박했으며 상대
에게 충분히 그러고도 남을 사람이라는, 아니 벌써 몇 번
보복을 저지른 놈이라는 인상을 주었다. 누군가는 알통이
도살장에서 돼지를 잡는 일을 한다고 했고, 누군가는 채
석장에서 돌을 깬다고 했다. 알통이 어머니를 돌봐주면서
술집은 질서가 잡혔고 돈이 제대로 들어왔다. 이상하게도
손님은 더 많아져 젊은 작부가 한 명 더 들어왔다. 좀 통
통한 젊은 여자는 늘 올림머리를 하고 있었고 웃음이 헤
펐다. 한번씩 손님과 눈이 맞으면 한 달쯤 사라졌다가 다
시 '언니' 하며 가게를 찾아왔다.

　알통은 보름마다 가게로 왔고 그날 밤에는 손님방에서
잤다. 가게 문을 닫으면 알통은 어머니의 옷을 다 벗기고

카키색 가방에서 매를 꺼내 들었다. 어른 새끼손가락 굵기에 세 뼘 길이 되는 짙은 밤색 둥근 막대기였다. 원래 나무 색깔이 그랬는지 기름을 먹였는지 반들반들 윤이 났다. 알통은 한 손으로 어머니 머리채를 휘어잡고 강약 리듬을 타면서 엉덩이와 허벅지와 등, 아니 온몸을 때렸다. 엉덩이는 강하게, 허벅지는 약하게, 종아리는 조금 약하게. 어머니는 입을 꽉 다물고 얕은 신음만을 내뱉었다. 그러고 나서 질긴 관계가 이어졌다. 그때도 어머니의 신음은 얕고 가빴다. 그래서 소리만 들으면 폭행을 당하는 건지, 관계를 하는 건지 알 수 없었다. 나는 소리를 들으면서 어느 날은 선잠이 들었고 어떤 날은 꿈에서 끄억끄억 괴상한 울음을 내는 짐승에게 쫓기기도 했다. 꿈에서 나는 넓은 창고에 어머니와 있었다. 어머니가 불을 끄고 창고 밖으로 나가면 나는 어머니에게 달려가서 불을 끄지 말라고 소리쳤다. 어머니는 냉랭한 눈초리로 나를 쳐다보고는 어둠 가운데 나를 버려두고 문을 닫았다. 그러면 어두운 창고 구석에 숨어 있던 짐승이 슬금슬금 나를 향해 다가왔고 나는 그 소리에 쫓기며 어둠 속을 헤매야 했다.

알통은 옷을 벗지 않았다. 두툼한 근육이 드러나는 몸에 딱 붙는 옷을 입은 채로 발가벗고 머리를 풀어 내린 어머니를 뒤에서 공격했다. 한 손으로 어머니의 뒷목을 잡았고 다른 손으로 젖가슴을 움켜쥐고 엉덩이를 바짝 붙였다. 관계도 폭행의 연장인지 몰랐다. 나는 어머니가 매를 맞고 관계를 하는 날이 달갑지 않았다. 다음 날 어머니는 억지로 핑계를 만들어서라도 나를 때렸기 때문이다. 어머니는 효자손으로 내 등짝을 후려치거나 주먹으로 뒤통수를 때렸다. 어머니가 때릴 때마다 나는 우리 집을 둘러싼 알통의 힘이 커진다는 두려움에 시달렸다. 몇 달에 한 번씩 알통은 어머니를 폭행하기 전에 나를 먼저 때렸다. 방식은 똑같았다. 알통은 어머니를 옆에 둔 채로 나를 발가벗기고 매로 강약 리듬을 타고 때렸다. 내 머리칼을 휘어잡지 않는 점만 달랐다. 밤색 매가 살갗을 때리면 처음은 날카롭고 다음은 우릿하고 나중은 통증이 근육과 살 속으로 깊이 파고들었다. 알통은 손목을 젖혀서 손목 힘을 이용했다. 가벼운 동작이었고 힘을 실은 것 같지 않았다. 알통이 진짜 힘을 쓰면 뼈를 으스러뜨리고 팔과 다리를 뚝뚝 꺾어버릴 수 있다는 경고가 손목 매질에 담겨 있었다. 나는 알통의 매질을 그냥 당하고만 있지 않았다. 옷을 벗기는 알통의 손을 뿌리치고 한번은 손목을 물기도 했다. 알통은 허허 웃더니 나를 어머니에게 넘기고 눈짓을 했다. 어머니는 내 뺨을 세차게 후려치고 목을 단단히 움켜잡고는 내 옷을 순식간에 벗겼다. 그러고는 털 뽑힌 닭 몰골이 된 나를 알통에게 넘겼다. 이렇게 해야만 알통이라는 듬직한 울타리가 우리를 떠나지 않는다는 필사의 몸짓으로 느껴졌다. 나는 어머니가 내 옷을 벗기면 이상하게도 힘을 잃고 순순히 몸을 맡겼다.

옷이 일단 벗겨지면 나는 도망치지 못하는 신세가 됐다. 알통이 나를 얼마나 세게 오래 때리든 그 억센 손아귀에서 꼼짝을 못했다. 매를 맞는 의식이 거듭될수록 나는 이상한 해방감과 자유로움을 느꼈다. 내가 강제로 매를 맞는 게 아니라 스스로 복종해서 집의 평화와 가족의 편안함을 구한다는 느낌이었다. 나도 폭행을 어디엔가 넘겼다. 나는 덤불에서 들쥐를 잡으면 나뭇가지에 매달고 엄지에 고무줄을 걸어 쏘았다. 들쥐가 고무줄에 강타당할 때마다 찍찍 애처로운 소리를 내다가 다리를 축 늘어뜨리면 그대로 두고 집으로 왔다. 며칠 후에 가보면 들쥐는 들고양이에게 먹혔는지 사라지고 없었다. 동네를 어슬렁거리는 개들은 내게 한번씩 호되게 당한 후에는 나를 보면 꼬리를 내리고 멀찍이서 피했다. 내가 가까이 다가가면 화들짝 놀라 껑충 뛰어 달아났다.

영화관 골목길을 걸으며 담배 연기를 깊숙이 들이마셨다. 생각할수록 감독과 그의 영화 세계에 호기심이 당겼다. 나는 활로를 찾은 느낌이었다. 레미콘 공장 일을 그만둔 후 굴착기 조종 면허를 따서 건설 현장을 다녔다. 굴착기 버킷으로 흙을 퍼 트럭에 담았다. 한 달 일하면 건설회사에서 석 달 뒤에 받는 어음으로 대금을 끊어줬고 넉 달 일하면 한 달 치는 돈을 떼였다. 내가 일을 한 건물과 아파트는 부쩍부쩍 올라갔지만 나는 퍼내는 흙바닥을 벗어나지 못했다. 나는 정교한 기술이 필요한 작업은 맡지 못했다. 산이나 공원에 길을 내면서 각도를 비스듬하게 잡거나 경사에 돌을 쌓는 치밀한 작업은 숙련자 몫이었다. 굴착기로 수십 가지 동작을 자유자재로 하면서 기계를 자기 분신처럼 다루는 장인 기사를 부러워했다. 그러다 택배업으로 옮겼다. 택배는 생업을 위해서였을 뿐 크게 미련을 두지는 않았다. 아파트나 연립주택의 문 앞에 물건을 내려놓고 초인종을 누르고 떠나면 그만이었다. 간혹 물건이 사라졌다는 사람과 다투기도 하고, 허리와 무릎의 통증이 심했지만 견딜 만했다.

나는 택배 받는 사람과 얼굴을 마주치지 않으려 노력했다. 택배를 받는 사람이 여자면 더 그랬다. 나는 내 몸 안에 도사린 야수가 뛰쳐나오지 않도록 미리 막고 있었다. 야수는 꿈틀대며 발등부터 목까지 몸 안을 기어 다녔다. 놈은 킁킁 냄새를 맡고 발을 모으고 몸을 바닥에 붙여 자기도 했다. 나는 놈의 고삐를 단단히 틀어쥐고 무릎 옆에 바싹 붙여 앉혀놓았다. 내 손으로 붙든 놈은 내가 화성에 있던 시절에 비해 크기와 덩치가 작아졌다. 나는 내 힘으로 놈을 꽉 누를 수 있다고 믿었다.

영화관 골목길을 걸어 나왔다. 카메라가 초점을 맞춰 사람 마음을 꿰뚫는 마법의 세상에 나도 발을 담그고 싶었다. 육체의 절정기를 지났다고 생각하는 사십대 초반에 새로운 세계에 들어선다는 게 부담스럽기는 했다. 그러나 내 인생은 어차피 이지러진 채 출발했으니 인생 중반에 크게 방향을 한번 틀어도 나쁘지 않을 것 같았다. 영화 「살인의 추억」 장면들은 놀라웠는데 그게 감독의 재능 덕분인지, 배우들의 탁월한 해석 능력 때문인지 궁금했다. 우연히 몇 개 사실이 결합한 행운일지도 몰랐다. 하지만 감독은 감독에 불과했다. 내가 아는 비밀을 감독은 알지 못했다. 화성 사건의 범인은 두 명이며 그중 한 놈이 진짜 악인이라는 사실 말이다. 악에도 산뜻한 붉은색에서 진저리 나는 칙칙하고 무서운 붉은색까지 등급이 있지 않을까. 폭행에도 가벼운 멍부터 팔다리가 부러지고 내장이 파열되는 것까지 차이가 있으니 말이다. 화성의 범인이 두 명인 줄 알았다면 감독은 영화의 색깔과 방향을 다르게 잡았을 것이다.

어떻든 어디로 가야 영화의 세계와 관계를 맺을지 도통 알 수 없었다. 촬영 카메라가 어떻게 생겼는지 본 적 없는 사람은 영화감독과 연기가 뭐지 하며 기웃대다 제풀에 나가떨어질 수도 있었다. 나는 한번 목표를 잡으면 뭔가를 얻고야 마는 집요한 성격이었다. 나름 치밀하고 적당하게 거짓을 연기하는 능력도 있었다. 화성에서 마을과 공장을 모두 뒤지는 난리통 수사를 뚫고 살아남은 게 어설픈 운덕분은 아니었다.

몇 곳 연기학원을 찾아다녔다. 나 같은 문외한 늦깎이가 영화판 주변에서 기웃대려면 엑스트라 세계로 들어서는 게 그나마 가능성이 큰 방법이었다. 한 곳은 엑스트라 회사로 연결시켜주겠다고 말했다. 엑스트라는 연기 연습이 필요 없는 듯했다. 어떤 대형 연기학원은 선금을 내면 곧 촬영할 사극에 출연시켜주겠다고 했다. 연기를 배우고 싶다고 했더니 직원은 내 얼굴과 몸을 위아래로 훑어보았다. 그러고는 내게 연극을 해본 적이 있는지, 어떤 역할을 하고 싶은지 따위를 심드렁하게 묻다가 다른 상담자가 오자 나를 잠시 기다리라고 했다. 나는 한참을 기다리다 사무실을 나왔다.

넥스트 연기학원이라는 간판을 발견하고 문을 열었다. 원장은 사십대 중반의 키가 크고 백인 피가 조금은 섞인 게 아닐까 싶은 허여멀건 얼굴이었다. 원장을 보면서 배우에게 바른 자세가 무척 중요하다는 사실을 깨달았다. 원장의 허리는 꼿꼿했고 반듯한 어깨는 흔들리지 않았으며 움직임이 가볍고 자연스러웠다. 원장은 단역에서 시작해서 지명도 높은 조연으로 자리 잡은 배우 몇 명의 이름을 들먹이면서, 그들이 다 이 학원에서 자신에게 처음 연기를 배웠으며 처음 올 때는 부족한 점이 많았지만 잘 훈련해서 결과가 좋았다고 말했다. 원장은 배우들 이름을 입에 올리면서 잠깐 사이를 두고 그들의 수강 시절을 떠올리는 표정을 지었다. 나는 원장의 말과 행동을 유심히 지켜보면서 사실이 아닌 것도 그럴싸하게 만들 정도로 그의 연기가 능숙하다는 생각을 했다.

원장은 엑스트라를 하려고 연기를 배운다는 내 말을 겸손함으로 받아들였다. 연기는 그런 낮은 자세로 출발해야 한다면서 원장은 기본 연기를 수련하면 보조출연자 업체에서 엑스트라로 우선 채용한다고 말했다.

엑스트라는 연기 훈련이 필요 없다는 잘못된 생각에 빠져 있어. 화면에 잡히는 모두가 중요한데 말이야. 행인이나 주인공 뒷좌석 손님이 작품의 완성도에 은근히 영향을 준다니까.

원장은 연기 지론을 펼치더니 새로 온 수강생에게 자주 했을 법한 허풍을 떨었다.

머지않아 단역으로 나가야죠. 단역은 내가 넣어줄 수 있어요. 사십대가 단역 수요가 많은 나이대야. 이십대는 인물로 한몫 잡지만 진짜 연기는 사십대부터지.

원장이 카메라 테스트를 시켰다. 나는 한번은 정면으로, 한번은 옆으로 서서 버스트 숏과 클로즈업 숏을 찍었다. 그리고 벽까지 걸어갔다가 되돌아 원장 앞으로 걸어왔다. 원장이 지켜보는 가운데 걷자니 어딘가 어색했다. 두 번쯤 걷자 원장이 걸음걸이에 감정을 실어서 걸어보라고 말했다. 한번은 사랑하는 사람을 만나러 가는 즐거움이 가득한 걸음으로, 또 한번은 분노에 차서 보복하기 위해 가는 날이 선 걸음으로.

사람은 두 발로 걷는 동물입니다. 걸음에 나이와 성격과 습관이 다 들어가 있어요.

카메라가 보는 앞에서 걸으려니 발걸음이 어색하게 엇갈렸다.

원장이 말했다.

보통 때와 달리 뜻대로 걸어지지 않죠. 연기란 카메라 앞에서 평소처럼 자연스럽게 움직이는 기술입니다. 꾸밈없이 친구와 얘기하다가도 카메라가 딱 들어오면 몸이 굳어져요.

원장이 연습실에서 나오는 수강생을 불러 내 앞에 세웠다. 원장은 내게 카메라를 바로 보면서 맞은편 수강생에게 간단한 장면을 시연해보라고 했다. '그만 나를 쫓아다녀, 널 죽일지도 몰라'라는 대사를 하며 차갑게 이별을 통고하는 장면으로 15초였다. 상대 여배우는 연기 지망생으로 이미 단역으로 여러 번 출연한 경력이 있다고 했다. 물끄러미 나를 응시하는 그녀의 눈빛에 놀랐다. 애절함이 깔린 눈빛 밑에 한 단 더 깊은, 이 상황을 인정할 수 없다는 비난과 화가 담겨 있었다. 다만 그 비난을 드러내면 끝나가는 관계를 완전히 잘라버릴까 망설이는 두려움이 엿보였다.

원장은 촬영된 모습을 모니터로 보여주었다. 나는 추적자 느낌이 풍기는 내 모습에 놀랐다. 카메라는 나를 처음 보았지만 모든 걸 알고 있었다. 카메라는 내가 상대 배우의 눈빛에 놀라는 마음까지 미세하게 담아냈다. 눈빛과 표정은 그대로였지만 희미하게 사라지는 잔물결처럼 어딘가 내 마음이 흔들리고 있는 게 보였다. 저 장면을 대형 스크린에 걸면 내 놀라는 마음이 화면에서 퍼져 관객들에게 파동을 그리며 전해질 것 같았다. 나는 짧은 테스트에서 영화와 연기의 비밀로 성큼 들어섰다는 느낌을 받았다. 흔들린 표정을 나만 읽어낼 수 있다고 생각했는데 원장도 내면의 파동을 제법 잘 표현했다고 칭찬했다.

잘한다고 생각하는 장면 하나만 더 해봅시다. 그보다 갈 데까지 간 모습이 낫겠네요. 사람을 칼로 찌르고 다시 찌르는 장면 같은.

나는 원장의 주문을 고쳐서 말했다.

목을 조르는 장면으로 하겠습니다.

나는 어둠에 싸인 논두렁을 떠올렸다. 첫 살인을 저지른 후 35일쯤이 지난 1986년 10월 하순의 밤이었다. 가을걷이를 끝낸 논바닥은 벼 그루터기만 남아 황량했다. 내가 시체를 처박아놓을 농수로가 멀지 않았다. 내가 양손에 힘을 주어 여자 목을 졸랐다가 풀어주면 여자는 숨을 헐떡대며 완전히 복종했다. 여자는 살려만 주면 무슨 일이든 노예처럼 따르겠다고 했다. 나는 여자의 절대적 순종을 확인하고는 다시 천천히 목을 졸랐다. 나는 십수 년 전, 내 손에 새겨진 그때의 심정으로 돌아가 목을 졸랐다. 그때 나는 손으로 전해지는 쾌감에 온몸을 떨었다. 머리가 폭발하는 느낌이었고 하복부가 요동치면서 격렬하게 사정했다. 큰 파동이 지나가고 두번째 사정이 이어졌다. 그 순간 아득하게 천지 구별이 사라지며 전혀 다른 나로 변하던 화성의 나를 카메라 앞에서 다시 살려냈다.

어디서 연기를 배운 적 있어요?

처음입니다.

소질이 있어요. 소질이 보이는 정도가 아니라 확실하게 있다니까.

나는 원장의 칭찬에 쑥스러운 미소를 보냈다. 원장은 찾아온 연기자 지망생 모두를 비슷한 방식으로 대했을 것이다. 소질이 없어 보이는 지망생도 카메라 테스트에서 눈빛이 곱게 나온다거나 분위기가 고상해 보인다는 등 칭찬할 거리를 한두 개씩은 찾아내서 과장된 말투로 희망을 북돋아주고, 수강료 계좌번호를 일러준 뒤 당장 등록하라며 등을 떠밀었을 것이다.

그런 건 어떻든 좋았다. 나와 연기를 한 여배우도 놀란 모습이었다. 동시에 그녀는 내가 목을 조르며 뺨을 실룩이는 장면에서 무언가 석연찮은 느낌을 받은 것 같았다. 인사를 나눴다. 허문비라고 합니다. 허문비와 눈을 마주쳤다. 무심해 보이는 그녀의 눈초리에는 내 마음에 묻은 얼룩과 핏자국을 찾아내기라도 하려는 듯 날카로움이 숨어 있었다. 원장이 나를 찍은 영상을 보여주었다. 내 상대역을 한 허문비도 같이 영상을 바라봤다. 영상에는 다른 역할을 하는 또 다른 내가 들어 있었다. 사람은 얼마든지 몇 명의 다른 사람으로 변신할 수 있었다. 레미콘 공장 사무실에 근무하던 나와 야밤에 논둑과 농수로를 배회하는 나는 다른 사람이었다. 나는 그렇게 믿었다. 카메라 화면에서도 나는 다른 사람으로 바뀌었다. 연기는 또 다른 나가 되는 길이었다. 연기를 배우고 싶은 열망이 스멀거리며 올라왔다. 꽁꽁 닫아둔 마음의 문에 균열이 가면서 가슴이 두근거렸다. 나는 사십대 초반의 나이에 연기를 시작해도 되겠냐고 다시 물었다. 원장은 다양한 인생 경험을 치른 나이대에 원숙한 연기가 나온다며 내가 들어보지 못한 몇몇 외국 배우 이름을 대면서 격려했다.

일주일에 두 번 연기 수업을 했다. 초급반은 육 개월 과정이었다. 수강료를 내고 연기학원에 등록하자 부원장이 연기 지도를 했다. 사십대 후반의 우아하고 자세가 반듯한 여자였다. 그녀가 첫 실기 수업에서 말했다. 미세하고 짧은 흔들림도 카메라는 모두 잡아내고, 카메라가 잡으면 관객도 알게 된다고. 당신의 손가락 하나의 움직임까지 카메라는 모두 기록하고 숨김없이 화면에 보여준다고. 우리는 절대자 카메라 앞에서 최선을 다하고 부름에 응답해야 하며 항상 준비되어 있어야 한다고도 했다. 내가 주눅 들까 봐 마음을 편하게 갖고 카메라가 돌아가도 압박감을 떨쳐야 한다고 강조했다. 수업은 화요일과 금요일 오후 두시부터 세 시간이었다. 초보자 코스는 이론과 실기를 병행했다. 실기는 근육 풀기, 발성 연습, 시선 처리부터 시작했다. 이론 강의는 프레임과 숏에서 출발했다. 영화의 이론과 용어는 어려웠고, 이해하기 쉽지 않았으며 재미도 없었다.

실기 시간에는 네댓 명씩 팀별로 모여 상대를 바꿔가면서 기초적인 표정과 동작을 연습했다. 대부분 젊은 사람들이어서 나는 속할 팀이 마땅치 않았다. 처음에는 단기 교육을 받는 보조출연자 팀에 들어갔다. 내 얼굴이 희고 곱상해서 가끔은 상대할 배우가 모자라는 젊은 팀에 속하기도 했다. 학원에서 내게 말을 거는 사람은 없었다. 수업에 들어가면 나는 뒤쪽 구석 자리에 앉아 창밖으로 시선을 던졌다. 도심의 회색 빌딩들이 삭막하게 내 눈을 채웠다. 유리창 너머로 바쁘게 회사원들이 지나다녔다. 나는 조용히 수업을 듣고 학원을 나왔다. 수강생들끼리 술을 마시거나 이런저런 모임을 갖는 것 같았지만 내게는 연락이 없었다. 젊은 수강생들은 연기 세계에서 한 자리를 차지하겠다는 마음이 넘쳐 초조하고 들떠 보였다. 나는 영화에 대해 알고 싶은 마음뿐이었다. 헛된 욕심에 사로잡힌 다른 수강생들보다 연기학원의 교육을 기꺼이 즐겼다.

부원장이 실습을 보일 때면 순간적으로 내뿜는 힘에 놀라곤 했다. 실기 연습을 찍어 큰 화면에 올려 검토하는 시간을 거치면 카메라는 미숙한 우리 연기를 정확하게 잡아냈다. 맨눈으로 보면 수강생 남녀 두 명이 첫 키스를 하기 직전의 모습은 설렘과 기대감에 달콤하게 물들어 있었다. 그러나 카메라로 찍어 화면에 올리면 어딘가 어색하고 결이 맞지 않는 모습이 나타났다. 부원장이 직접 연기를 한 장면은 화면이 깔끔하고 자연스러워 연기가 아니라 실제 일어난 일을 보는 것 같았다. 부원장의 생활 중 벌어진 사건을 지나가던 카메라가 우연히 포착해서 화면으로 남긴 모습처럼 보였다.

연기학원에서 삼 개월 가까이 지나자 원장은 엑스트라 출연업체에 나를 소개했다. 돈을 벌면서 실전 경험을 쌓는 게 최선이라고 했다. 그건 내 연기 운명의 최고 수준이 영화 몇 장면에 출연해서 두세 줄 대사를 쳐내는 조역이라는 뜻이기도 했다. 출연을 앞둔 날 밤 잠이 오지 않아 소주를 마셨다. 그러나 잠은 멀리 달아나 술 몇 잔으로는 제자리로 돌아오지 않았다. 벽지는 낡고 바닥 장판은 군데군데 해진 원룸을 이리저리 서성거렸다. 귀가 밝아졌는지 내가 사는 원룸 옆방에서 웅성대는 소리가 계속 고막을 건드렸다. 텔레비전에서 나오는 소리인지, 여럿이 어울려 술을 마시는 자리인지 끝없이 소리가 울리며 신경을 건드렸다. 나는 견디다 못해 처음으로 옆방 문을 두드렸다. 부스럭대는 소리가 나고 불이 켜지더니 잠에서 막 깬 듯한 청년이 짜증스러운 얼굴로 나타났다. 무슨 일이에요? 나는 혼자 자고 있던 청년을 확인하고 화들짝 놀라 방을 착각했다며 미안하다고 하고 물러 나왔다. 이상한 일이었다. 내일이면 나는 전쟁터에서 병사로 변신해 전투를 치른다. 영화에 출연하는 일이 이렇게 신경을 피곤하게 만들 줄 몰랐다. 동료 보조출연자 몇몇만이 영화관에 걸린 내 모습을 알아볼 뿐인데도 나는 내 영혼이 그 영화와 함께 영구히 보존된다는 사실에 온몸이 긴장하고 있었다. 내 속에 감춰져 있던 열정이 나도 잘 이해되지 않았다. 머리가 허옇게 센 노인이 청춘의 맥박으로 돌아간 느낌이라고나 할까.

최근 들어 사람들에 대한 경계심은 조금씩 누그러졌고 소통도 나아지고 있었다. 나는 동료들과 이야기를 나누기도 하고 때로는 먼저 다가가 연기와 촬영에 관해 궁금한 점을 물어보기도 했다.

나는 해뜨기 전에 촬영장에 도착했다. 기온이 많이 올라 반팔에 반바지 차림이 많았다. 여덟시가 되자 조감독이 보조출연자들을 모아놓고 촬영 장면을 알려줬다. 고구려 병사들이 성을 공격하는 적군과 싸우는 내용이었다. 나는 성을 방어하는 정예 수비군이었다. 아군, 적군 각기 서른 명의 병사들이 싸우는 장면이고 미디엄 숏으로 찍으며 촬영 시간은 1분 20여 초였다. 그 시간도 편집을 거치면 30초 정도로 줄어들 것이었다. 우리는 촬영 현장에서 1번부터 30번까지 번호를 부여받고 전투 동작을 익혔다. 적군도 마찬가지 훈련을 하고 각자 번호에 따라 역할을 나눴다. 역할에 맞게 전투 리허설을 몇 번 하자 열한시였다. 촬영장 밥차에서 점심을 일찍 먹었다. 다들 접시에 참

쌀탕수육, 멸치 조림, 잡채와 쇠고기뭇국을 듬뿍 담았다. 제작팀장이 한 바퀴 돌면서 오후에 힘쓰려면 많이 먹어둬야 한다고 했다. 단체 급식이라 음식 맛이 깊지는 않았지만 먹을 만했다. 젊은 사람들이 촬영 현장에 많아서인지 그쪽 입맛에 맞춘 메뉴였다. 내 옆의 경력이 오래된 엑스트라가 말했다. 밥차 주인 부부가 중식과 한식 요리사 출신이야. 손이 빨라서 요청하면 200인분도 금방 만들어내. 메뉴도 괜찮고 맛도 그럴듯해. 맛이 없으면 밥차는 금방 다른 업체로 바꿔. 그래도 요새는 촬영장 좋아졌어. 몇 년 전만 해도 중국집에서 배달하거나 도시락 가져다 먹었다니까.

갑옷과 각반, 손목 보호대 등 의상을 갖추고 분장을 마친 채로 실전 리허설을 한 번 더 한 후 한시부터 대기했다. 땀내와 흙먼지에 전 의상에서 퀴퀴하고 썩은 냄새가 진동했다. 옆 사람이 말했다. 늘 이래. 냄새야 화면에서 퍼져 관객을 덮치지 않으니까. 두건을 쓰고 고구려 병사 복장을 하니 나이가 많아도 아무런 티가 나지 않았다. 우리 촬영 시간은 오후 세시였다.

우리는 금세 몇 번의 전투를 치른 몰골로 변해갔다. 높이 솟은 해가 조금씩 기울어감에 따라 우리는 도시라는 공간과 현대라는 시간의 물이 빠지면서 후줄근해졌다. 제작진은 어쩌면 그런 효과를 노려 촬영 시간을 미뤘는지도 모른다. 나는 돌격하면서 칼을 휘둘러 공격하는 적을 넘어뜨리고 쓰러진 16번 병사의 가슴을 칼로 찌르는 배역이었다. 16번 병사는 액체 피 재료를 비닐에 넣고 봉합해서 만든 피 주머니를 가슴 쪽에 차고 칼에 찔릴 때 터지도록 준비했다. 석 달 가까이 연기학원을 다닌 경력을 참고해서 업체가 내게 나름 비중 있는 역할을 줬는지도 모르겠다. 쨍쨍한 날씨에 해는 달아오르고 우리 병사들은 축 처져서 기다렸다. 엑스트라 일의 대부분은 기다림으로 채워져 있다. 주연과 조연의 촬영 시간에 맞춰 기다리고, 조명 장비와 날씨에 맞춰 기다렸다. 전쟁터의 병사와 마찬가지로 언제든지 대체 가능한 소모품인 우리는 적당한 장소에 비치된 채 사용자가 선택하기를 끈질기게 기다려야 했다.

드디어 촬영이다. 기다림에 지친 우리는 몸을 활개칠 수 있는 촬영이 반갑기만 했다. 해는 내리쬐고 촬영을 위한 광량은 충분했다. 우리는 서로 고함을 지르며 돌격했다. 아군 1번은 적군 1번을 쓰러뜨리고, 아군 2번은 적군 2번과 칼싸움을 벌이고 있다. 우리 촬영 장면 뒤에는 대열을 지은 아군 궁수대가 활을 쏘면서 전진하는 장면이 이어졌다. 나는 적진을 향해 진격한다. 16번 병사가 앞을 가로막는다. 모든 동작이 연습한 대로, 계획대로 되고 있다. 나는 칼을 내리치며 16번 병사를 밀어붙이고 빈틈을 노려 발로 차서 넘어뜨리고 칼을 들었다. 16번 병사는 훈련된 에스트라였다. 공포와 증오로 범벅된 얼굴로 나를 보면서 죽음의 순간을 기다리고 있었다. 갑자기 내 동작이 멈췄다. 짧은 순간, 이건 살인이 아닐까 하는 의심이 스쳤다. 머릿속이 하얘지고 팔과 다리로 내려가는 근육에 제동이 걸렸다. 16번이 다시는 못 일어나는 건 아닐까? 손에 쥔 칼이 거북했다. 적과 목숨을 걸고 싸우면서 머뭇거리다니. 내 손 아래에서 죽어간 여자의 환영이 스쳤다. 내가 죽인 여자들에게 칼을 쓴 적은 없었다. 맨손으로 죽였을 뿐이다. 주위는 병사들의 비명과 신음과 악쓰는 소리가 난무했다. 여기가 집단 살육 장소거나 최후의 심판이 일어나는 곳처럼 느껴졌다. 멍한 정신 사이로 눈부신 햇살이 쏟아졌다. 정신이 들며 여기가 영화 촬영장이란 걸 깨닫는 순간, 감독과 눈이 마주쳤다.

컷. 감독은 목소리를 높이며 손을 들었다. 살벌한 전투 장면이 끝나고 평범한 촬영 현장으로 되돌아갔다.

감독이 내 앞으로 다가오더니 조감독을 향해 말했다.

어디서 이런 천사를 데려왔어!

조감독이 멋쩍게 대답했다.

리허설 때는 괜찮았는데……

감독이 눈을 돌려 옅은 구름이 지나가는 하늘을 쳐다보며 말했다.

이십 분 후에 다시 갑시다.

병사들은 천막이 쳐진 곳으로 물러나와 흩어져 앉았다. 성을 방어하기 위한 정예 결사대의 결기라고는 찾기 어려운 늘어지고 피곤한 기색이 엑스트라들의 얼굴에 듬뿍 묻어 있었다. 젊은 병사 한 명이 야간 알바에 늦지 않을까 걱정하면서 가방에서 옛날에는 왕족도 구경 못했을 초콜릿을 꺼내 들었다. 또 다른 한 명은 가방에서 휴대폰을 꺼내 큰 목소리로 관리사무소 직원에게 화장실 누수가 해결되지 않는다고 불평했다. 창과 칼을 쓰는 고대의 전쟁터에서 들리는 시끄러운 휴대폰 통화 소리는 풍경과 어울리지 않는 기이한 소음이면서 이곳이 영화 촬영장이라는 현실을 일깨웠다.

16번 병사가 내 옆에 앉아 나를 격려했다. 이런 촬영은 원래 두세 번은 기본으로 갑니다. 당일에 하는 재촬영이니까 걱정하실 거 없어요. 감독은 좋은 그림 나올 때까지 열 번도 찍고 하니까요. 내가 아무 말이 없자 16번 병사는 몇 마디 말을 더 보탰다. 칼은 특수 소품이라서 안전해요. 저도 처음 엑스트라 할 때 칼로 사람을 찌르면서 기분이 묘했어요. 진짜 죽는 건 아닐까 하는 의문이 스쳤으니까요. 머리로는 괜찮다고 알고 있어도 다르게 반응하는 몸을 막을 수는 없죠.

나는 천천히 말했다.

그럼, 사람을 진짜 죽여본 적이 있어요?

16번 병사는 손사래를 쳤다.

무슨 말씀을요?

16번 병사는 물을 한 모금 마시고 농담처럼 되물었다.

그럼 그쪽은 사람을 죽여봤어요?

나는 16번 병사를 물끄러미 쳐다봤는데, 어디선가 빛이 반사돼서 눈을 찡그렸고 그게 강력한 부정처럼 보인 모양이었다.

16번이 말했다.

세시 삼십분에는 단번에 갑시다. 제가 처절하게 죽어드릴게요. 저는 많이 죽어봤어요.

16번 병사는 내가 용기를 끌어모아 칼로 찌르자 온몸에 피를 흘리며 참혹하게 눈을 뜬 채로 굳었다. 공포가 쓸고

간 얼굴은 텅 비어 전쟁에서 해방된 마지막 순간을 즐기는 것처럼도 보였다. 그의 죽음은 상상에서 만들어졌지만 현실의 죽음을 이길 만큼 생생했다.

컷 소리가 울리자 16번 병사는 몸을 뒤척이며 죽음에서 부활했다. 피로 뒤범벅된 16번은 샤워를 하러 떠나면서 여기서는 애벌로 대충 씻어놓는다고 말했다. 죽는 병사는 이만 원 더 받아요. 피가 잘 지워지지 않거든요. 목욕탕에 가면 손님들이 곁눈질을 하며 슬슬 피한다니까요.

조감독이 16번 병사와 나를 다시 불렀다. 성 밑에서 육박전을 하는 장면인데 햇빛이 좋아 지금 찍기로 했어요. 반나절 일당 더 쳐줄 테니 갑시다. 성 밑에서 나는 종전 장면과 달리 성을 공격하는 병사로, 16번은 성을 방어하는 병사로 배치되었다. 나는 졸지에 고구려 병사에서 적으로 돌변했다. 육박전은 사전 준비도 역할 분담도 없는 그야말로 난투극이었다. 편집을 통해 살아날 몇십 초의 장면을 건지기 위해 우리는 뿌연 흙먼지 속에서 구르고 또 굴렀다. 싸움이 격렬해질수록 나는 저 세트로 만든 성을 정말로 뺏고 싶다는 치밀어 오르는 욕망에 허덕대었다. 성은 굳건한 표적으로 존재했고 차지하기 어려울수록 더더욱 갖고 싶었다. 성문을 뚫고 들어가 더운 날씨에 우리를 오랜 시간 고생시켰던 주민들을 몰살하고 재물을 강탈하고 우물에서 시원한 물을 길어 먹을 감고 싶었다. 몸과 몸이 충돌한 원시의 현장을 승자의 자리에서 즐겁게 마무리하고 싶었다.

촬영이 끝나자 나는 다른 장면을 구경하러 움직였다. 촬영장 한편에 세워둔 밥차에서 저녁을 먹고 세트장에서 야간 촬영 장면을 구경했다. 조명차에 연결된 조명이 세트장 주변을 밝게 비췄다. 왕비의 경호대가 자객을 맞아 싸우는 장면인데 경호대 중 날렵한 한 명이 눈에 띄었다. 그녀는 내가 연기학원에서 카메라 테스트를 받을 때 상대역을 한 허문비였다. 나를 그만 쫓아다녀, 널 죽일지도 몰라, 라며 이별을 통고하는 장면이었다. 나를 바라보던 여러 겹으로 싸인 눈빛이 생생하게 기억났다. 알고 보니 허문비는 경호대에서 중요 역할을 하는 단역이었다. 연기학원에서 여러 번 본 사이였지만 촬영장에서 보는 느낌은 달랐다. 그녀의 무술은 적의 움직임에 대응하며 조절하는 자신만의 속도가 있었다. 상대보다 더 빨리 움직여 주도권을 빼앗고 일격을 가할 때는 한숨 죽였다가 세차게 가속도를 더했다. 자신의 리듬에 적절한 변화를 주면서 상대를 공격하고 방어해 적은 허문비의 리듬에 놀아나는 것 같았다. 무술감독의 지도로는 달성될 수 없는 자신만의 고유한 내공이 있었다. 저 경쾌한 움직임은 어디서 배운 것일까. 아니면 타고난 것일까. 무용과 출신이 무술을 배우면 날렵한 움직임을 보인다고 들었다. 촬영이 끝나자 나는 허문비를 찾아 인사를 했다. 그녀는 엔딩 크레디트에 이름이 올라가는 단역이었고 나는 무명의 병사였다. 첫 영화 출연을 기념해서 허문비에게 술을 한잔 사겠다고 하자 그녀는 고개를 끄덕였다. 같은 연기학원 출신 남자 단역 소명준이 따라왔다.

술자리의 그녀는 완전히 다른 사람이었다. 놀라울 정도로 부드럽고 애교가 넘치는 여자로 변신했다. 연기학원에서 그녀는 차갑고 단단한 고체였다. 그녀는 액션과 로맨스 두 장르에 집중해서 연기 훈련을 한다고 했다. 기이했다. 아무리 봐도 로맨스 영화에 어울리는 스타일은 아니었다. 표정과 몸짓이 워낙 딱딱해서 그녀 앞에 서면 어떤 열정이나 욕망도 스르륵 허물어질 것 같았다. 그러나 아니었다. 나는 배우를 알아보는 눈이 없음을 절감했다. 허문비는 고체에서 액체로 변하는 능력을 갖췄다. 그녀는 급속 해동보다 더 빨리 내부의 뼈와 근육과 목소리를 녹여서 말랑말랑하게 만들었다.

나는 맥주를 따르며 말했다.

이렇게 부드러운 분인 줄 몰랐습니다.

허문비는 손으로 입을 가리면서 웃음을 담아 말했다.

원래 이런 스타일이었어요. 언니가 죽기 전까지는요.

불행한 사건이 있었군요.

허문비는 말없이 맥주를 마시고 티슈로 입술을 닦았다. 소명준은 영화에서 성을 지키는 수비병 중 한 명으로 코믹하고 과장된 연기를 한다. 머리를 짧게 깎아 억세게 보이는데 뜻밖에 어설프고 헛발질을 하는 게 이번 영화의 연기 포인트였다. 소명준이 말했다. 허 배우야 원래 부드러운 사람이죠. 허문비에게 물었다. 무술은 왜 배웠어요? 언니가 사고로 죽은 후에요. 사고? 교통사고 같은? 그랬으면 가슴이 덜 아팠을지도 몰라요. 끔찍한 사고였어요. 그녀의 눈에서 번쩍하며 빛이 새파랗게 일렁인다. 나는 어디선가 그 눈빛을 본 적이 있었다. 어디서였더라. 오래도록 올무처럼 나를 묶어놓았던 빛이다. 나는 그 눈빛에 쏘인 이후로 한동안 밤 작업에 나서지 않았다. 나는 머리에서 점화된 새파란 눈빛을 확인하고자 허문비의 눈을 다시 봤다. 빛은 어느새 사라지고 없었다. 허문비는 상냥하게 웃었다. 지나간 일은 그냥 잊어버려야죠. 술 한잔해요.

허문비는 장난스럽게 소스가 묻은 손가락을 핥으며 나를 쳐다보았다. 어떤 동작도 상대방을 유혹하는 능력을 지녔다는 걸 확신하는 움직임이었다. 허문비는 사십대에 들어선 나를, 비록 몇 살 젊게 보이기는 하지만, 유혹할 생각이 없었을 것이다. 그런데도 나는 아랫배에서 미묘한 욕망이 꿈틀대며 올라오는 걸 느꼈다. 오랫동안 잊고 지냈던 옛날의 제어할 수 없는 폭발과는 다른, 작고 은밀한 흐름이었다. 하지만 알 수 없다. 오래전 사건들도 그렇게 꿈틀댄 감정 덩이에서 시작되었다. 조심해야 한다. 그 꿈틀댐이 임계치를 넘어서면 나로서도 어쩔 수 없이 요동에 휩쓸려 수풀 깊고 음침한 강둑으로 떠내려가버릴지 몰랐다.

내가 경험한 여자는 두 종류다. 수원역에서 멀지 않은 골목에 작은 홍등가가 있는데 그곳에 내 단골집이 있었다. 그 집에 들어서며 연애하러 왔다고 말하면 알아서 방을 내줬다. 홀에 침대가 놓인 좁은 방들이 딸려 있었다. 나는 상대 여자를 늘 바꿨다. 오빠, 다음에는 진주를 찾아, 다음에는 혜련을 찾아줘, 하는 말들을 자주 들었지만 바로 흘려버렸다. 일을 끝내면 맥주 한 병과 안주가 서비스로 나왔다. 홀에서 단숨에 마시고 밖으로 나왔다. 밖으로 나오면 무거운 짐을 내려놓은 것처럼 몸이 개운하고 가벼웠다.

또 하나는 수원의 나이트클럽에서 만났던 여자였다. 회사 직원들이 단체로 놀러 간 수원의 나이트클럽에서 우리 팀은 아줌마 네 명과 어울렸다. 조명이 어둡고 번쩍거려 여자들의 나이를 가늠하기는 쉽지 않았다. 우리 팀 공장장이 양주 두 병과 맥주를 샀다. 수원의 공장 건설 현장에 레미콘을 납품한 기념으로 회사에서 회식비로 내준 돈이었다. 그녀는 나보다 열 살쯤 많았다. 유부녀일 수도 있고, 아닐 수도 있었다. 여자는 아무런 정보가 없는 백지와 같았다. 나이트클럽에서 우리는 술을 마시고 손을 잡고 같이 춤을 췄다. 나는 잘 맞지 않는 스텝을 밟으면서 여자에게 다가갔다. 우리는 가볍게 몸을 흔들다 조금씩 율동을 타기 시작했다. 나는 여자 허리에 밀착해 몸을 흔들었고 여자는 떨어지고는 다시 다가왔다.

우리는 이틀 뒤 나이트클럽 건물에서 오 분쯤 걸리는 약국 앞에서 저녁 일곱시에 만날 약속을 했다. 첫 만남에서 우리는 여관의 어두침침한 복도를 걸어가 열쇠로 문을 열었다. 낡고 어둑한 청동판에 315호 객실 번호가 황금색으로 박혀 있었다. 시간이 오래 흘러도 쓸데없이 호실 번호는 뚜렷이 기억에 남아 있다. 천장의 전등이 고장 난 건지

켜지지 않았다. 침대 옆의 등이 침침한 빛을 뿌리면서 하반신의 욕망을 자극했다. 여자는 침대에 걸터앉아 치마를 걷어 올리던 내 손을 가로막고 내 이름을 불렀다. 이름을 알려준 적이 없었던 나는 당황했고, 끓어오르던 성욕은 달아나버렸다. 여자는 자신이 정한 규칙을 이야기했다. 내 친구에게 네 이름과 회사 전화번호와 오늘 만나는 장소를 얘기해뒀어. 내게 무슨 일이 생기면 친구가 경찰에 바로 신고할 거야. 둘째, 다음번 우리의 만남은 오늘 정하는 날짜와 장소에서야. 늘 같은 방식이야. 둘 중 하나라도 나오지 않으면 만남은 끝이야. 셋째, 나에 관해서는 아무것도 알려고 하지 마.

나는 얼굴을 찌푸리고 쏘아붙였다. 당신이 재벌 회장 사모님이라도 된다는 거야. 여자는 웃으며 말했다. 그럴지도. 조폭 보스의 내연녀도 괜찮지 않을까. 그리고 여자는 정해진 시간에 마땅히 해치워야 할 과제처럼 섹스에 들어갔다. 내가 죽을 때가 되어 추억이 떠오른다면 여자와 벌인 섹스일 것이다. 여자는 식어버린 내 몸을 바로 일으켜 세웠고 내 몸을 샅샅이 헤집었다. 시트가 질퍽거렸는데 땀만이 아니라 여자가 허벅지 사이에서 쏟아내는 엄청난 체액 때문이었다. 여자는 고장 난 비행기가 그렁대며 돌리는 엔진 소리 같은 신음을 끝없이 질러댔다. 비행기가 불시착해서 끝났나 싶으면 다시 기수를 쳐들고 창공으로 올라갔다. 길고 긴 섹스가 끝나면 여자는 샤워를 하고 담배를 한 대 피운 뒤 말없이 방을 나갔다. 매번 나를 녹초로 만드는 신음과 아우성과 엉킴이 끝나면 여자는 냉정하고 차가운 표정으로 돌아갔다. 취할 수 있는 모든 자세와 행위를 하고 나를 압착해서 온몸의 진액을 빼낸 후 말없이 표변하는 여자에게 질리면서도 나는 지극한 갈증으로 다음 만남을 기다렸다.

한번은 건물 앞에서 여자를 기다리는데 머리를 짧게 깎은 남자가 다가왔다. 그는 내게 여자를 만나기로 하지 않았냐고 묻더니, 일주일 후 이 시간에 오라고 말을 전했다. 일주일은 길었지만 다시 여자를 만날 수 있었다. 그렇게 일 년 몇 개월 만남이 이어지다 어느 날 뚝 끊어졌다. 여자는 약속 장소에 나오지 않았고 매주 그 장소로 찾아가 봐도 다시 볼 수 없었다. 나이트클럽에서도 여자의 모습은 보이지 않았다. 여자와 헤어지고 나서 나는 여자가 자신의 몸을 내게 도장 찍듯 남겨놓은 것을 확인했다. 여자의 비음, 단단하고 오뚝 솟은 젖가슴, 넘치는 힘으로 나를 조이던 허벅지, 둥글고 탄력 좋은 엉덩이. 그녀는 날씬하고 민첩한 표범이었다. 여자가 내 감각계에 찍은 낙인은 내가 여자의 몸이 시키는 대로 움직이는 노예라는 표지가 아니었을까? 나는 여자가 찍은 낙인에서 벗어나지 못했고 벗어나고 싶지도 않았다. 어느 날 나는 커피숍에서 여자와 꼭 닮은 사람을 보았다. 내가 자리로 찾아가서 말을 걸자 목소리가 달랐다. 나는 사람을 잘못 봤다고 사과했다. 내가 잘못 본 건 맞지만 그녀도 내가 만났던 여자와 같은 종류였다. 분위기가 그 여자를 닮았다. 그렇게 비슷한 사람은 몇 번 봤지만 여자는 완벽하게 사라졌다.

허문비는 자신이 내 안에 불러일으킨 꿈틀거림을 잘 감지하고 있다는 눈빛으로 나를 바라보면서 말했다.

몇 달 동안 언니를 따라다니던 남자가 있었어요. 언니가 사귀다가 헤어졌는데 그때부터 끈질기게 쫓아다녔어요. 언니 집에 창문을 통해 침입하려 하고 집 앞에 밤새서 있기도 했었죠. 언니는 스트레스로 얻은 위염으로 식사를 제대로 못했어요. 카페 앞에서 숨어서 기다리던 그 남자에게 언니가 화를 내자 남자가 주먹으로 언니의 턱을 후려쳤어요. 언니는 넘어지면서 바닥 모서리에 머리를 부딪쳐 정신을 잃었죠. 형법으론 폭행치사라고 하더군요. 고작 징역 삼 년 받았어요. 그게 왜 살인이 아닐까요?

소명준이 입을 열었다. 사람 목숨은 무섭도록 질기기도 하지만 어떨 때는 종잇장보다 가볍게 찢어지는 게 아닐까요. 하루에 살(煞)이 세 번, 사람에게 찰나로 지나가는데 그때 몸이 넘어지거나 아프면 강건한 사람도 순식간에 죽는다는 이야기를 들었어요. 허문비가 말했다. 그럴까요?

나는 허문비에게 술을 따르면서 그 남자를 어리석은 놈이라고 생각했다. 몇 달씩이나 따라붙다니, 자존심도 없는 놈, 나는 단번에 해결해버린다.

허문비는 탐스러운 머리칼을 손으로 쓸어넘겼다. 영화 촬영 때는 올림머리더니 어느새 풀어 내린 모양이다.

허문비에게 물었다.

내일은 촬영이 없나요?

내일은 없어요. 모레 촬영이 있고 닷새 후에 마지막 촬영이 있어요. 그건 준비를 많이 해야 할 장면이에요.

나는 오늘 전투 장면에서 쓰러진 병사를 제대로 찌르지 못했던 실수에 대해 말했다.

허문비는 고개를 갸웃하며 말했다.

연기에서도 죽이기 쉽지 않았던 모양이죠? 전 망설인 적이 없어요. 첫 단역부터 냉정하게 잘 죽였죠. 내가 죽였던 배우가 촬영이 끝나자 어쩜 그렇게 능숙하게 살인을 하나며 잔인하다고 너스레를 떨곤 했죠.

혹시 무용과를 다녔나요? 무술 스턴트맨을 해도 잘할 것 같은데요.

무용과는 아니고요. 원래 몸이 유연하고 운동신경도 빨라요. 스턴트맨은 잠깐 해봤는데 접었어요. 엑스트라는 얼굴이라도 나오지만 스턴트맨은 철저하게 뒤에 숨는 그림자잖아요.

그쪽으로 나가도 성공하지 않았을까요?

과찬이에요. 그쪽 세계도 전문가가 많아 살아남기 힘들어요. 맞는 것을 먼저 경험해봐야 때리는 것도 제대로 할 수 있어요. 칼에도 많이 찔려봐야 한다니까요. 여자 스턴트맨은 수요가 적기도 하고요.

소명준은 이십대 후반이었다. 영화 제작 소식이 들리는 곳마다 프로필을 넣고 단역이라도 따기 위해 노력한다. 오디션이라도 볼 수 있으면 괜찮은 편이다. 영화사마다 프로필이 쌓여 있어서 눈에 띄는 용모거나 연줄이 좋지 않으면 단역의 문도 높다. 소명준은 연극판도 기웃거리고, 영화관에서 알바도 한다. 영화관에서 알바를 하면 영화와 가까이 있는 것 같아 좋다고 했다. 어쨌든 영화판 주변에서 숨 쉬는 거니까요. 그는 좀비 영화에서 엑스트라를 했는데 고생깨나 한 모양이다. 전쟁 엑스트라가 백번 낫죠. 의상에서 찐 냄새 나는 건 넘어갈 만해요. 좀비는 분장도 지랄 같아요. 얼굴에 끈적끈적한 라텍스를 깔고 손으로 뜯어내서 피부가 벗겨진 모양으로 만들고요. 검은 색과 초록색 피부에다 굳은 피를 바르고 색깔 파운데이션 으로 기분 나쁜 검붉은 레드를 붙이고, 칼과 잇자국도 내고. 자기 얼굴에 소스라칠 때까지 꾸민다니까요.

허문비가 말했다. 좀비는 몸 움직임도 다르잖아요.

맞아요. 좀비는 기본 몸동작이 달라요. 팔을 축 늘어뜨리고 흔들거리며 걸어요. 어휴, 팔다리 근육을 꼬아야 해서 몸이 나중에 경련을 일으켜요. 더우면 물엿 피에 파리가 꼬이는데 분장이 잘못될까 봐 때려잡지도 못해요. 대기 시간도 길어서 분장한 채로 열 시간을 기다린 적도 있어요. 거기다 좀비가 떼를 지어 주인공을 추격하는 장면은 왜 그렇게 많은지.

고개를 절레절레 흔든 소명준은 얼마 전에 오디션을 하나 봤다고 한다. 대본 세 개 중에서 하나를 골라 연기하는 지정 연기와 자신이 알아서 하는 자유연기였다. 오디션이든 뭐든 연기하는 자체가 좋다고 한다. 그가 말했다.

전투 현장에서 적을 단박에 죽이지 못했다고요? 그래

도 결국 죽었잖아요. 죽이고 죽고 뭐 인생이란 그런 거죠. 근데 연기하다 죽는 삶도 괜찮지 않아요?

내가 소명준에게 물었다. 정말 그렇게 생각하세요?

그럼요. 연기가 진짜 삶으로 변하는 거잖아요.

그렇게까지는……

2차 대전 끝날 때 회동한 거물 정치인들 있잖아요. 처칠, 루스벨트, 스탈린. 전 그들이 극단적인 연기를 시도했다고 봐요. 자기네 국민과 세계를 향해 이렇게 인류를 구했다고 떠벌리며 자랑한 거죠. 우리를 믿고 걱정하지 말라고. 그들의 삶이 연기인 거죠. 정치인들 대부분이 다 그래요.

허문비가 끼어들었다. 너무 나간 것 같은데…… 위대한 정치인들도 모종의 연기에 불과하다는 건……

에이, 우리 평범한 사람도 생활하면서 몇 개씩 가면을 바꾸는데 하물며 그들이야…… 우리 삶이 그래요. 연기는 필요악이에요. 우리가 인정하기 싫어할 뿐이죠.

나는 말을 돌려 허문비에게 무술 도장을 소개해달라고 부탁했다. 엑스트라든 단역이든 무술은 배워두는 게 좋을 것 같았다. 허문비는 자신이 다닌 도장 연락처를 적어주면서 노인이 지도하면 좋겠지만 잘 계시지 않는다고 말했다. 노인이 관장인가요? 관장은 젊은 분이고요, 노인은 그냥 지도사범이라는 이름으로 불리고 있어요.

소명준이 끼어들었다. 그분이 더 고수인가 봐요?

그럼요. 전 그분한테 정말 많은 걸 배웠어요.

술자리가 길어지면서 헤어질 때는 밤이 깊었다. 소명준이 자기 방이 근처라면서 버는 게 적으면 택시비라도 아껴야 한다며 나를 데리고 갔다. 소명준이 사는 원룸은 반지하였다. 벽과 책장에 연기 책과 시나리오 복사본이 쌓여 있었다. 방에서 거리로 난 창에는 창살이 달렸고 좁은 창문을 열자 희미하고 지친 가로등 불빛과 골목의 벽돌집들이 보였다. 소명준이 말했다. 이 방은 괜찮은 편이에요. 저쪽에 사각형 배수구 보이죠? 물이 잘 빠져나가서 비가 많이 와도 끄떡없어요. 전에 살던 방은 폭우에 잠긴 적도 있어요. 빗물이 차곡차곡 밀고 들어오면 대처할 방법이 없어요. 뭐로 막아도 슬그머니 타 넘으니, 물처럼 힘센 놈이 없다니까요. 그래서 그는 책과 자료는 책장 아래 칸에는 두지 않는다고 말했다. 창문으로 구두 소리가 들렸다. 구두 소리는 점점 멀어지다가 질질 발을 끄는 소리처럼 들렸다. 소명준이 말했다. 인생이 힘들 때는 멍하니 창문에 서서 지나가는 사람들의 종아리를 쳐다봐요.

종아리라고요?

사람 종아리를 자세히 보면 놀라워요. 사람 얼굴처럼 종아리도 표정을 짓고 개성이 있다니까요. 전 검정 스타킹을 날씬하게 신거나 반바지 차림의 근육이 불거진 종아리를 좋아해요. 소명준은 잠시 멈췄다 말했다. 종아리가 몇십 킬로 무게를 매일 지고 다니는 게 경이롭지 않습니까? 제가 종아리라면 지쳐서 반항할 텐데 말이죠.

그런 생각은 못해봤네요.

원룸은 싱글 철제 침대 하나, 작은 책상과 의자, 싱크대와 사람 한 명이 겨우 들어가는 화장실로 끝이었다. 우중충한 방에 멋을 낸다고 그랬는지 창 위로 어울리지 않게 화려한 꽃무늬 커튼이 쳐 있었다. 침대에서 싱크대까지 한 걸음 반이면 충분했고, 세탁기를 놓을 자리가 없어 빨래방을 이용한다고 했다. 소명준은 소형 냉장고도 들여놓을 공간이 없어 바로 요리한 신선한 음식만 먹는다고 너스레를 떨었다.

바깥 편의점과 식당의 대형 냉장고가 다 내 건데 방에까지 들여놓을 필요는 없죠.

뭐든 긍정적으로 생각하는군요.

건강에도 좋고 연기에도 좋아요. 장래를 비관하면 영화계에서 못 견뎌내요. 배우도 감독도 스태프도 넘쳐나니까요.

단역 출연으로 생활이 가능한가요?

그래서 제 인생철학이 일단 내일까지 산다, 입니다. 모레는 생각을 아예 안 해요. 그래도 요즘 한국 영화가 잘돼서 좋아요. 제작 편수도 늘고 흥행도 나쁘지 않아 미래가 덜 어두워 보여요. 올해 어떤 영화가 좋았어요?

난「살인의 추억」.

저도 그 영화 괜찮게 봤어요. 형사들 연기가 실감 나고 몰입하게 만드는…… 근데 저는「지구를 지켜라!」를 높게 쳐요.

무슨 내용이죠? 못 들어본 영화인데……

「살인의 추억」과 비슷한 시기에 개봉했는데 관객이 안 들어 일찍 내렸어요. 영화 한번 보세요. 주인공이 외계인이 지구를 멸망시킬 거라는 망상에 사로잡혀서 외계인으로 믿는 사장을 납치하는 얘기예요. 블랙 코미디죠.

그래서 주인공이 지구를 구하나요?

그게 참 묘한데…… 그게 참, 그러지 말고, 한번 보시라니까요.

소명준은 내게 침대를 양보하고 바닥에서 잤다. 일인용 침대는 눅눅했고 탄력이 없었다. 몸을 뒤척이면 침대 스프링이 끼익끽 애처로운 소리를 울렸다. 침대에 누워 바라본 천장은 한때는 밝았을 베이지색 벽지에 틈이 생기고 침침하게 변색해 어딘지 상해가는 느낌이었다. 얼마나 잤을까. 웅얼거리는 소리가 들려 눈을 떴다. 어슴푸레한 불빛이 보였다. 다시 눈을 감았다가 목이 말라 자리에서 일어났다. 소명준은 책상에서 머리에 등산용 헤드 랜턴을 켜놓고 대사를 외우고 있었다. 그는 랜턴 불빛이 새나가지 않도록 머리에 종이 박스로 만든 차단막을 쓰고 있었다. 나는 눈을 부비며 물었다.

이번 촬영에는 대사가 많은가 봐요?

그는 종이 차단막을 살그머니 벗으며 말했다. 세 번 촬영에 대사가 일곱 줄이에요. 그런데 시나리오 전체 대사를 다 외워요.

대사를 전부 다 외운다고요?

연습이죠, 연습. 이렇게 훈련하면 영화 전체를 배울 수 있으니까요. 단역배우는 때를 기다리는 삶이에요. 여러 곳에 프로필을 내고, 감독 눈에 띄도록 노력하고, 오디션도 봐요. 언젠가를 기다리면서요. 배우란 존재에게 이런 준비 과정은 필수예요. 응급실 의사와 비슷해요. 언제든지 준비되어 있어야 하니까요. 주인공 다음으로 중요한 조연이 갑자기 사고를 당해서 대타가 필요할 수도 있잖아요.

나는 감탄하며 말했다.

그럴 수도 있겠군요.

그럼요. 벤치에 늘 앉아 있던 후보 선수가 주전이 부상 당하는 바람에 후반전에 투입된 상황 같은 거죠. 투입된 선수가 경기가 끝나기 직전에 승부를 뒤집는 결정적인 골을 넣었다고 해보세요. 떠들썩한 환호성을 받으며 응원석으로 달려가는 모습을 떠올려보세요.

나는 소명준의 상상에 끌려가면서 말했다.

내게도 귀한 기회가 찾아올 것 같은 자신감이 드네요.

그렇다니까요. 배우 인생 알 수 없어요. 기회는 심심찮게 찾아와요. 기회란 놈을 만나면 허리를 꽉 붙잡고 도망 못 가도록 같이 넘어지는 거죠.

새벽이 물러가면서 하루의 시작을 알리는 소음이 반지하의 창으로 들렸다.

소명준에게 말했다.

열정이 대단합니다.

이렇게 하는 사람 많아요. 제 친구는 로케이션 담당인데 모든 공간과 장소를 영화 개념으로 바라봐요. 전국의 카페와 거리와 건물을 머리에 다 넣고 적절한 촬영 현장으로 쓸 자료로 남기죠. 이 카페는 바다 방파제를 바라보는 경치가 좋고, 저 카페는 낡은 골목 계단에 고즈넉한 분위기가 좋다는 식으로 정리해놓아요. 미술 디자인 공부도 따로 하고요. 촬영 장소와 디자인은 연관이 깊거든요.

다들 그렇게 열심히 준비하는데, 나는 따라갈 수 있을까 걱정이에요.

늦게 출발해서 뛴다는 자체가 보통 결심이 아니죠. 저도 늦게나마 시나리오를 쓰고 있으니까요.

그렇군요.

소명준은 시나리오 작법 학교에 육 개월째 다니고 있는데, 강사가 자신의 작품을 참신하고 사건 전개가 빠르다며 칭찬했다고 자랑했다. 칭찬받기 위해 쓴 건 아니지만 격려가 되었다며 웃었다.

한번 보실래요.

좋죠.

시나리오 제목은 「무죄 전투」였다. 나는 소명준이 타준 커피를 한 모금 마시고 첫번째 신부터 쓱 훑어봤다.

#1 변호사 사무실

책상에 소송 서류를 잔뜩 쌓아놓고 컴퓨터 자판을 두

드리는 권 변호사. 서류를 넘겨보고 잠시 생각에 잠긴다. 사무실 문을 노크하는 소리가 들린다.

권 변호사 들어와요.
사무장 손님이 오셨는데요.
권 변호사 누구야?
사무장 예전 재판에서 무죄를 받았다는 분인데……
권 변호사 무죄? 들어오라고 해.

사십대 초반 남자가 들어온다. 감색 양복에 하늘색 넥타이를 맨 깔끔한 차림새다.

남자 십육 년 전쯤에 카페 주인 살인 사건이 있었는데…… 아시겠습니까?

권 변호사는 안경에 손을 올리고 과거를 되살리는 표정이다. 남자를 기억해냈는지 반가우면서도 놀란 얼굴로 일어선다.

권 변호사 아, 알죠. 기억납니다. 그때 무죄 받았죠?

남자   (기쁜 목소리로) 그때 변호사님 덕분에 풀려났지요.

권 변호사   (소파 자리를 권하며) 앉아요, 앉아. 세월이 벌써 그렇게 지났네.

남자   변호사님 덕분에 작은 사업도 하고 있습니다.

권 변호사   그래요? 다행입니다. 어떤 사업인가요?

남자   벤츠 전문 수리점인데 그런대로 굴러갑니다. 요번에 지점을 하나 더 냈습니다.

권 변호사   (흐뭇한 얼굴로) 잘됐네요. 잘됐습니다.

남자   실은 제가 옛날에 빚을 진 게 있어서.

권 변호사   빚이요?

남자   (가죽 가방에서 봉투를 꺼내 권 변호사에게 건넨다.) 그때 석방되자 바로 도망치다시피 해서, 승소 약정금도 못 드리고. 늘 맘에 걸렸습니다.

권 변호사   그래요? 난 기억도 안 나는데. (종이봉투를 열어보자 만 원 다발이 여럿이다.) 아니, 뭔 돈이……

남자   변호사님이 하신 노력에 비하면 약과죠. 전 그때 죽다 살아났으니까요. 밀린 이자까지 몽땅 쳤습니다.

권 변호사　(돈 봉투를 옆으로 슬그머니 치워두며) 허
　허. 사업 잘하는 것만 해도 고맙죠.

남자　제가 식사라도 대접하고 싶습니다만.

권 변호사　(책상에 놓인 일정표를 확인한다.) 이거
　저녁에는 약속이 많아서. 모레 점심 괜찮겠습니까?

남자　네. 알겠습니다. 법원 앞 일식집에 예약해두겠
　습니다.

#2 일식당

인테리어와 식탁과 접시가 고급이다. 식탁에는 산 채
로 회를 떠낸 돔이 꼬치에 꿰여 아가미를 헐떡이고 있
고, 그 앞에 회 접시가 놓여 있다. 남자가 발렌타인 30
년산을 따서 권 변호사에게 한 잔 따른다.

권 변호사　이거 점심이라서 마시기가 좀.

남자　오후에는 재판이 없으시다면서요. 몇 잔만 드
　시죠.

권 변호사　하여튼 고맙소. (한 잔 마시고 회를 집어

먹는다. 남자에게 한 잔 권한다.)

남자　(깍듯하게) 고맙습니다. (술잔을 단숨에 비우고 탁자에 소리 나게 내려놓는다. 서로 세 잔 정도 술잔을 주고받는다.)

권 변호사　재판 끝나고 십몇 년이 지나서 이렇게 오는 사람이 드문데, 의리가 있어요.

남자　전 꼭 오고 싶었습니다.

권 변호사　그 재판이 무죄 받기 쉽지 않았죠. 억울할 뻔했어요. 나도 열심히 한다고 했지만.

분위기가 무르익자 남자가 의미심장하고 다소 비열한 목소리로 말한다.

남자　제가 그 사건에 관해 꼭 말하고 싶은 게 있어서요.

권 변호사　(다소 술이 오르고 호기심 어린 얼굴이다.) 그래요?

남자　제가 범인이거든요.

권 변호사　(잘못 알아들었다는 얼굴로) 뭐라고 했습니까?

남자   제가 카페 주인을 살해한 진범입니다.

권 변호사는 말문이 막혀 눈을 크게 뜨고 남자를 바라본다.

남자   변호사님이 재판 기록을 달달 외울 정도로 뛰는 걸 보고 감동받았습니다. 제가 참 복이 많다는 생각도 했고요.

권 변호사   ……

남자   카페 주인이 나를 배신했거든요. 난 배신자는 반드시 징벌한다는 게 인생관이라서. 치밀하게 준비했지요. 딱 한 가지 실수를 하는 바람에 고생을 했지만요.

권 변호사   그게…… 뭔가 오해가 있는 것 같은데. 그 사건은 무죄 맞아요. 검찰 증거도 부실했고.

남자   저도 그랬으면 좋겠는데, 전 칼에 찔린 카페 주인 표정을 기억하고 있습니다.

권 변호사   (조심스럽게) 그럼 정말로 살인을?

남자   (약간 유쾌한 목소리로) 그렇다니까요.

권 변호사   (분노로 목소리가 변한다.) 나를 속였다는 말인가!

남자　(유들유들하게) 제가 속인 건 아니죠. 침묵했을 뿐입니다. 변호사는 살인자라도 변호해줘야 하지 않나요?

권 변호사　뭐, 뭐라고, 이 사악한!

남자　무죄 받고 당신이 거들먹대는 게 맘에 들지 않았죠. 정의로운 슈퍼맨이 따로 없었죠. 선고 법정에서 환호하는 고함을 지르지를 않나, 기자와 인터뷰를 하지 않나. 어리석게 보였죠. 역겨웠다고 할까요. 그래서 승소 약정금을 내지 않고 튀었고요.

권 변호사　억울한 원혼을 만들고 무슨 사업을 한다고!

남자　카페 주인도 죽을 만하니 죽은 거죠. 뭐, 묻지마 살인은 아니었으니까요.

권 변호사　왜 내 앞에 나타난 거야!

남자　당신에게 진실을 알려주고 싶어서요. 진실은 힘이 세니까요. (남자가 천천히 뭔가 생각하는 어조로 말한다.) 사업을 하다 보니 당신이 그때 잘난 체한 게 이해되었습니다. 나라도 그랬을 겁니다. 당신은 최선을 다해 최선의 결과를 얻어냈으니까요. 나도 사업을 그런 마음가짐으로 해야겠다는 깨달음을 뒤늦게 얻었다고 할까요.

권 변호사가 몸을 앞으로 내밀며 남자의 멱살을 잡으려고 팔을 뻗친다. 남자는 그렇게 나올 걸 예상했다는 듯이 재빠르게 식탁을 앞으로 쾅 밀어 권 변호사를 벽에 밀어붙인다. 식탁에 놓인 발렌타인 30년산이 넘어져 술이 쏟아진다. 남자가 일어선다.

남자　공소시효가 지나간 건 저보다 더 잘 아시죠. 계
　　산은 제가 해놓았습니다.
　　　그럼 이만.

권 변호사의 고함을 뒤로하고 남자가 문을 열고 순식간에 사라진다.

#3 지하 사무실

지하로 내려가는 계단과 벽이 칙칙하다. 사무실에는
낡은 책상과 의자가 몇 개 놓여 있다. 알전구가 빛나고

벽지도 색이 바랬다. 사무실 분위기가 서늘하고 무서운 기운이 돈다. 덩치가 단단하고 눈매가 매서운 오십대 중반 남자가 소파에 몸을 기대앉아 있다.

권 변호사가 들어오자 남자가 놀란 얼굴로 쳐다본다.

권 변호사 (소파에 앉으며) 친구야. 부탁할 게 있어 왔다.

친구 네가 조폭에게 부탁할 게 다 있고, 세상이 뒤집혔나.

권 변호사 뒤집힐 일이야. 처리할 놈이 있다.

친구 처리? 걷지 못하게 만들어줄까?

권 변호사 거기다 팔 한쪽도 못 쓰게 만들고.

친구 농담이 과한데.

권 변호사 (남자에게 받았던 만 원 다발 봉투를 친구에게 건네준다.) 이 정도면 넉넉할 것 같은데.

친구 (봉투를 슬쩍 들춰보며) 그냥 법대로 처리하지. 법은 길이요 진리요 생명이니.

권 변호사 법은 제정신이 아니고 주먹은 머리가 바로 박힌 것 같은데.

친구 너 나이 들더니 철드는구나.

권 변호사 그래. 이제야 뭘 좀 깨달았다.

권 변호사가 친구에게 살인범 얘기를 정리해서 건넨다. 친구가 심각한 얼굴로 듣는다.

친구 거 난 놈이네.

권 변호사 교활하고 사악하지.

친구 뭘 하는 놈이야?

권 변호사 벤츠 전문 수리점. 지점을 하나 더 냈다는데.

친구 (복잡 미묘한 표정이 얼굴에 스친다.) 벤츠 수리점이라고. 이름이 뭐야.

권 변호사 장두석.

친구 양복에 하늘색 넥타이를 매고 다니지 않나.

권 변호사 맞아. 아는 놈이야?

친구 (얼굴을 찡그린다.) 쉽지 않은 자식이야. 우리 조직에서 물주로 당기려고 한 적 있었지.

권 변호사 (의아하게) 물주로?

친구 그 자식 벤츠 수리점은 간판이고 돈 버는 구멍은 따로 있어.

권 변호사 뭘 한다는 거야.

친구　그게 간단치가 않은 일이야.

권 변호사　그럼 방법이 없다는 거야.

친구　방법이 없는 일이 있겠나. 빙 둘러서 가는 길이 있지.

권 변호사　어떻게 둘러서 간다는 거야?

시나리오는 여기서 끝났다. 나는 다음 장면에 호기심이 생긴다고 말했다. 권 변호사와 남자 사이가 어떻게 얽힐지 궁금했다. 소명준이 자기도 진행이 어찌 될지 잘 모르겠다고 했다.

쓰다 보면 생각이 정리되고 이리저리 돌파구가 생기기도 하더라고요. 나는 시나리오 작가가 처음부터 끝까지 계획을 잡고 쓰는 줄 알았는데요. 그렇게 쓰는 사람도 있지요. 치밀하게 줄거리와 인물 성격을 미리 정해놓고 쓰는 분도 계신다 하더라고요. 저는 써나가면서 줄거리와 인물 관계를 정리해나가는 스타일이지요. 그럼 이 작품, 결말을 정하고 쓰는 게 아니란 말이에요? 네, 저도 결말이 어떻게 될지 몰라요. 하, 놀랍군요. 새벽에 시나리오를 쓰면 생각이 차곡차곡 한 층 한 층 쌓이는 재미가 괜찮아요. 내 손에서 한 글자씩 뽑혀 나오는 단어를 보면 누가 마법을 부려 내게 단어를 넘겨주는 것만 같기도 하고요.

소명준이 책상 위 벽에 붙은 인물 데생을 가리켰다. 제 시나리오 주인공 권 변호사와 남자 장두석이에요. 크로키 같았다. 권 변호사는 작은 눈에 금속 테 안경을 써서 신경 질적인 인상을 풍겼다. 장두석은 각이 진 얼굴에 거친 느낌이 들었다. 소명준이 말했다. 시나리오가 더 나가지 않아 괴로워요. 다음 이야기가 떠오를 듯하면서 되지 않네요. 앞으로 어떻게 이야기가 진행되면 좋을까요? 러시아 마피아에서 미모의 여자 킬러를 한 명 데려오면 어떨까요? 소명준이 웃으며 말했다. 그런 설정을 넣으면 제작사에서 작위적이다, 상투적이다 그러겠죠.

그래요? 난 잘 몰라서…… 영화나 드라마 보면 그런 장면 많이 나오잖아요.

너무 흔한 설정이죠.

그러면…… 나는 시나리오 대본을 집어 들었다. 살해당한 카페 주인의 동생이 범인을 죽이러 오면 어떨까요? 동생은 동기가 충분하잖아요. 동생과 변호사가 여러 갈래로 얽히는 거죠. 그것도 괜찮네요. 좋은 아이디어 있으면 앞으로도 얘기해주세요. 저야 잘 모르지만, 떠오르는 게 있으면 전하죠.

나는 얘기를 돌렸다.

허문비도 무술 솜씨가 대단한 것 같던데요.

아, 거기도 인간 승리죠. 여려 보이지만 암벽 등반을 해서 숨겨진 근육이 강해요. 실내에서 암벽 등반하는 모습을 보았는데 휙휙 날아다니더군요. 언니가 죽은 뒤에 무술을 익혔대요. 저도 배워볼까 싶어 한번 무술 도장을 가봤어요. 지도사범이라는 노인을 우연히 만났는데 괴상한 사람이에요. 전 도저히 못 배우겠더라고요.

나도 그 도장에 한번 가볼까 합니다만.

가보세요. 이 바닥에서는 특기가 한두 개씩은 있어야하니까요. 저는 시나리오 작법 공부도 해요. 혹시 모르죠. 제가 시나리오 작법 강의를 하게 될지요.

시나리오라면 나도 써보고 싶네요.

쓰고 싶은 아이디어가 많은 모양이죠?

아이디어일 수도 있고 경험일 수도 있다. 언젠가 내 살인 경험을 시나리오로 써봐도 괜찮지 않을까. 제목은 '추억의 살인'이 어떨까. 가끔 의문이 든다. 내게 살인은 과연 추억으로 물러난 것일까. 나를 덮쳤던 들끓는 욕망은 지하 암반에 갇혀 다시는 밖으로 나오지 못하는 걸까. 나라는 열차가 달리는 철도에서 폭주하는 다른 선로로 갑자기 옮기지 않는다고 보장할 수 있을까. 나는 그동안 조용히 지내왔다. 조용히 지내고 싶다. 내 안의 악마가 내게 그런 안식을 계속 줄지는 모르겠다. 어쨌든 시나리오 습작도 해봐야 할 것 같다. 먼저 알통이 믿었던 신에 관한 이야기를 쓰고 싶다. 나와 어머니를 때린 뒤 큰 소리로 기도하던 알통의 얼굴이 돌에 새긴 글자처럼 선명하게 떠오른다. 알통이 늘 가지고 다니던 붉은 표지의 성경도 떠오른다. 창세기를 읽고 나는 그가 믿었던 신을 의심했다. 신이 에덴에서 인간을 추방한 기록도 말이 안 되었다. 인간이 악을 알았다면 그렇게 무력하게 쫓겨나지는 않았을 것이다. 창세기의 진실은 감춰져 있고 나는 글자의 이면을 파헤쳐서 그걸 까밝히고 싶었다.

소명준이 아침으로 콩나물국을 끓였다. 다시마와 멸치를 넣고 다시 물을 내는 솜씨가 능숙했다. 콩나물과 젓갈을 넣고 마무리하고는 밥과 김치를 함께 내놓았다. 국물이 시원하게 속을 풀어주었다. 소명준은 오전에 실버 영화제작반에 강의하러 간다고 했다. 구청 문화회관에서 여는 은퇴자를 위한 단편영화 제작 코스였다. 내가 말했다. 그거 재미있겠는데요. 같이 가볼래요? 내가 가도 돼요? 그럼요.

문화회관의 라인댄스 연습실과 수채화를 그리는 방 옆에 영화 강의실이 있었다. 라인댄스 연습실 밖으로 몸을 들썩이게 하는 흥겨운 음악이 번져 나왔다. 나는 회관 강의실 뒤에 멀찍하게 앉았다. 소명준은 나를 연기 훈련에 도움을 주는 참관인으로 소개하고 바로 대본 리딩으로 들어갔다. 오십대 후반에서 육십대 중반으로 보이는 일곱 명의 배우가 각자 맡은 역할에 따라 대본을 읽기 시작했다. 중간 정도 읽었을 때 소명준이 몇 가지를 지적했다. 연기에 첫발을 뗄 때는 여러분들은 대사를 정확하게 전달하는 데 초점을 맞춰야 합니다. 정확하게 발음하고 적당한 지점에서 쉬는 것만 잘해도 좋습니다. 대사에 감정까지 넣으면 좋겠지만 너무 욕심을 내지 마세요. 이어서 가봅시다.

　여러 목소리가 어울리는 리딩을 들으니 대본이 귀에 쏙쏙 들어왔다. 이런 내용이었다.

　나는 어제서야 남편이 귀신임을 알게 되었다. 재혼까지 해서 괜찮은 놈을 골랐다고 자부했는데 귀신이라니. 내 눈이 삔 모양이다. 뭐라고, 귀신인 증거를 대보라고? 이틀 전에 새벽에 들어온 남편은 술이 모자랐는지 집에 있던 양주 두 병, 소주 세 병, 맥주 다섯 병에 소독용 알코

올까지 몽땅 퍼마시고는 아침에 멀쩡하게 깨어났다. 그게 사람인가. 술병으로 드러누웠으면 사람이다. 저녁에 또 술 먹으러 나간다고 한다. 술 못 먹어 죽은 귀신이 있냐는 말 그대로다. 그거야 한 번은 그럴 수도 있지 않을까. 아냐, 한 번이 아냐. 술에 취해 계단에서 바닥까지 굴렀는데도 멀쩡했다. 팔다리 하나는 부서져야 마땅한 높이였다. 남편은 온갖 말로 아니라고 호소한다. 내가 실수는 했지만 귀신은 아니다. 내쫓지는 말아달라. 집도 돈도 자동차도 몽땅 당신 소유이니 난 갈 곳이 없다. 나는 남편을 신내림 받은 용한 무당에게 끌고 갔다. 무당은 바로 남편이 귀신임을 알아봤다. 이 대목에서 무당의 신 내린 목소리가 절정이었다. 남편은 무당 앞에서 끽소리 못하고 자백했다. 어떻게 알았습니까? 제가 귀신 맞습니다. 무당은 목청 높여 호령했다. 썩 명계로 물러가라! 남편이 하소연했다. 자신은 귀신계에서 구조조정 당해 이승으로 왔다. 지금 귀신계도 살기 어렵다. 한 번만 봐달라. 귀신계에 사는 친구가 보고파서 요새 술을 많이 먹었다. 잘못했다. 이때 내 여동생 둘이 우르르 달려들어 남편을 윽박질렀다. 이놈, 재산 노리고 들어온 줄 알았다. 거기다 귀신이라니, 용서할 수 없다. 한바탕 소동이 벌어지고 무당이 어허 여기가 어디라고 하며 자리를 정돈한다. 나는 무당에게 남편이 마음잡고 살 수 있도록 부적을 써달라고 요청한다. 무당은 명계에서 쫓겨온 귀신에게 쓸 부적은 없다고 거절한다. 대신에 나에게 당신 오른쪽 가슴 위에 있는 큰 점이 복점이니 점을 꾹 누르고 기도를 하면 한 가지 소원은 들어준다고 말한다. 나는 그 복점은 훗날을 대비해 남겨두고, 꼭 용한 부적을 써달라고 애원한다. 무당은 그러면 남편이 사랑을 고백하며 선물로 준 빨간 립스틱으로 내가 직접 부적을 쓰라고 말한다. 나는 집에서 큼지막한 한지에 립스틱으로 부적을 쓰고, 남편도 같이 서명해 현관문 위에 붙이면서 단편영화는 끝난다.

평범한 스토리로, 결말도 대략 예측되었다. 무당 역을 맡은 배우가 신명이 났다. 그녀는 일어나서 연기하며 대사를 옮겼는데 앞뒤가 딱딱 맞아떨어졌다. 신이 나자 의자를 밀치고 걸으면서 팔 동작과 발걸음에 맞춰 대사를 쭉쭉 뽑아냈다. 부부 역의 배우들도 어조와 리듬이 살아 있었다. 그러나 이들은 흥이 넘쳐 과장된 연기로 넘어가고 있었다. 잘한다 싶었지만, 소명준이 욕심을 내면 곤란하다는 충고를 왜 했는지 알 수 있었다.

회관을 나와 거리를 걸으면서 소명준이 실버영화반 배

우들은 젊을 때 연기를 했거나 꿈꿨던 사람들이라고 말했다. 촬영과 감독을 맡은 사람들 역시 홈비디오 촬영 경험이 꽤 되는 이들이었다. 다들 의욕이 넘쳐 문제라고 했다. 시나리오를 두고도 의견이 많았고, 촬영 장면을 두고서는 현장에서 언성이 높아질 때가 많다고 했다. 소명준이 덧붙였다. 강사가 해야 할 일은 갈등을 잘 추스르는 거죠.

횡단보도에서 신호를 기다리며 소명준이 내게 물었다.

귀신 이야기가 억지스럽지는 않았습니까?

괜찮았는데요.

현실과 동떨어진 얘기로 들릴까 싶어서요.

진지하게 들었습니다. 현실에 귀신은 존재하고 우리에게 찾아오니까요.

소명준은 빈말로 들리는지 의심스럽게 되물었다.

그렇다니 다행이네요.

나는 속으로 말했다. 내게도 귀신은 찾아오니까요.

언제부터인가 밤길을 걸으면 누군가 내 뒤를 따라오는 기척을 느꼈다. 큰길에서는 소리가 들리지 않았지만 인적이 드문 좁은 길이나 골목으로 들어서면 발소리가 분명했다. 골목에서 내가 걸음을 멈추면 소리도 멈췄다. 내가 다시 걸으면 발소리도 따라붙었다. 나는 귀를 세워 소리에 집중했다. 운동화는 아니고 하이힐 소리도 아닌, 여자들이 신는 굽이 낮은 구두 소리로 들렸다. 어느 날 골목에서 너무나 뚜렷한 발소리에 나는 몸을 뒤로 획 돌렸다. 소리를 낸 사람을 후려칠 듯 주먹을 올렸지만 골목의 희뿌연 가로등만 나를 지켜보고 있을 뿐이었다. 나는 골목길을 우연히 같이 걷는 낯선 사람에게 저 소리가 들리냐고 묻고 싶은 충동에 시달렸다. 그러나 차마 묻지는 못했다. 그랬다면 행인은 황망한 표정을 지었을 것이다. 나는 앞을 향해 걸으면서 발소리를 향해 말했다. 너희들이 누군지 알아. 너희 둘은 평생 내 뒤를 밟기만 하겠지. 발소리로는 나를 해치지 못하니까 다 쓸데없는 짓이야. 나는 어느새 발소리의 정체를 내가 죽인 두 여자로 단정하고 있었다. 그 둘 말고는 나를 그렇게 끈질기게 따라다닐 사람은 없었다. 이미 유령이 된 두 여자는 나를 상대할 힘은 지니지 못하고 오직 소리로만 나를 괴롭힐 따름이었다. 나는 골목을 걸으며 중얼대었다. 너희들은 내 앞에 나서지도 못하는 겁쟁이야.

소리는 카페까지 따라왔다. 내가 앉은 뒤쪽 테이블에서 티스푼 소리가 들렸다. 똑똑똑. 귀 기울여 들으면 티스푼으로 접시를 두드리는 소리였다. 티스푼 소리는 세 번을 울리고 잠시 쉬고는 다시 세 번을 울렸다. 그러나 뒤돌아보면 아무도 없었다. 테이블 손님들을 유심히 살폈지만 그럴 만한 사람은 보이지 않았다. 나는 유령이 겁보임을 확신했다. 내가 돌아보면 언제나 그렇듯이 황급히 사라지는 힘없고 약한 존재였다. 그들은 내게 복수할 힘이 없었다. 그저 발소리를 내거나 티스푼으로 접시 두드리는 소리를 낼 뿐이었다.

내 방문을 노크하는 소리도 그들의 짓 같았다. 자정이 되기 전에 방문을 세 번 똑똑똑 두드리는 소리가 들렸다. 잠시 쉬었다가 다시 세 번 울렸다. 나는 방문에 귀를 바짝 대보았다. 분명히 울림이 전해졌다. 숨을 고른 뒤 방문을 벌컥 열었지만 아무도 없었다. 유령은 내 눈에 띄기 두려워서 잽싸게 도망쳐버린 것이었다. 잠결에 노크 소리를 듣기도 했다. 나는 점점 커지는 노크 소리에 눈을 떴다. 소리는 나를 깨우고 한참을 잠들지 못하게 만들었다. 나는 방문 앞에서 서성거리다 여느 때처럼 문을 열어보았다. 때로는 살그머니, 때로는 거칠게. 그러나 바깥에는 적막뿐이었다.

내 뒤를 밟는 유령은 실버 영화제작반의 대본처럼 희극적이지 않았고, 그렇게 변할 리도 없었다. 유령은 아직 위협적이지는 않았다. 하지만 언제 위험하게 변신할지 모르니 나름 마음의 준비를 해두고 있었다.

소명준이 부추긴 글쓰기 이야기는 효과가 있었다. 나는 알통이 의지한 신의 이야기를 쓰기 시작했다. 시나리오를 쓰든 이야기를 쓰든 나는 자유였다. 실버영화반처럼 선택을 고민하거나 갈등할 까닭이 없었다. 나는 신과 똑같이 창조주였다. 내가 만든 인물은 글에서 살아 숨 쉬고 움직일 터였다. 나는 주인공을 죽일 수도, 자비롭게 용서해줄 수도 있었다. 도망갈 길을 열어줄 수도 있고, 거목 옆에서 벌벌 떨며 나뭇가지에 목이 매달리는 순간을 기다리게 할 수도 있었다. 설령 나 혼자만 글을 읽는다 해도 내가 창조주임은 변함없었다. 나는 글을 많이 써보지는 않았다. 하지만 머리에서 늘 떠나지 않는 글감이 있었다. 악이란 무엇인가? 나는 어쩌다 악을 저질렀는가? 왕이 다른 왕의 심정을 잘 알듯이, 나는 신과 최초의 인간에게서 악이 어떻게 시작되었는지 따지고 들었다. 도배공이 벽지를 꼼꼼히 살피고, 도축업자가 가축의 몸통을 자세히 살피듯이 나는 악의 기원을 내 나름대로 정리해서 추려두었다. 이 글의 제목은 뭐로 하면 좋을까.

하느님은 인간을 창조하고 놀랐다. 바다와 구름, 동물과 식물을 창조했지만 인간의 경우는 특별했다. 인간이 말을 하는 게 좋았다. 인간은 사물에 이름을 붙이고 사물에 이야기를 걸었다. 이름 붙이기를 아주 좋아했다. 개울가의 풀과 돌멩이에도 이름을 지어주고 물속을 헤엄치는 물고기와 나뭇가지에 앉아 인간을 쳐다보는 새에게도 이름을 선사했다. 인간은 이름을 붙인 나무와 돌과 새와 지렁이와 딱정벌레에게 말을 걸었으나 아무도 응답하지 않았다. 인간은 점점 더 외로워하면서 자신을 만든 하느님을 미워하기 시작했다. 왜 나와 말이 통하는 존재가 하나도 없나요? 애야, 내가 있잖니. 당신은 바다와 산과 땅과 구름을 다스린다고 늘 바쁘잖아요. 그러면서 인간은 목소리를 높여 하느님에게 항의했다. 하느님은 알아듣지 못하는 말이라서 당황했다. 애야, 몸이 아프냐? 인간은 사납게 말했다. 아니오. 애야, 뱀에게 물렸느냐? 아니오. 나는 네가 거칠게 쏟아내는 말을 알아들을 수가 없다. 그런 말을 어디서 배웠느냐. 알 것 없어요. 그게 무슨 태도냐. 네가 한 말은 네가 책임져야 한다. 인간은 화를 냈다. 내가 만든 말에 간섭하지 말아요. 나는 말을 만들 수 있고 쓸 수도 있어요. 누구도 막지 못해요. 애야, 버릇없구나. 너가 하는 말들은 내가 준 능력임을 잊어서는 안 된다. 하느님은 인간이 쓰는 말들이 수치스런 욕설임을 알고 놀랐다. 하느님은 슬펐고 분노했다. 애야, 네가 나에게 듣기에도 민망한 욕설을 하다니. 이건 있을 수 없는 배신이다. 인간은 자신을 질책하는 하느님에게 아무 말도 하지 않았다. 인간은 입을 닫았고 침묵했다. 인간은 하느님에게 일그러진 표정과 사나운 몸짓으로만 응답했다. 하느님은 인간을 창조한 걸 후회했다. 인간을 창조한 뒤 느꼈던 처음의 기쁨을 돌이켜보며 끙끙 앓았다. 인간과 행복하게 지냈던 창조 초기의 추억이 새록새록 떠올라 하느님은 밤잠을 설쳤다. 어떻게 해야 하나. 엄격하게 시시비비를 가려서 하늘의 새와 땅의 짐승에게 심판의 결과를 냉정하게 보여줘야 했다. 하느님은 가슴이 아팠다. 그러나 마음을 굳게 먹고 번개를 내려 인간을 단숨에 죽이고 말았다. 인간은 다행히 천천히 죽음에 이르는 고통은 면제받았다. 하느님은 다시는 인간과 같은 부류를 만들지 않으리라 다짐했지만 결심은 오래가지 못했다.

하느님은 다음에는 더 나은 인간을 만들 수 있으리라 자신했다. 그래서 하느님은 맑은 샘물을 입자 고운 흙에 부어 반죽을 만들고 곱게 빚어 인간을 만들었다. 이번의 형상은 보기에 좋았다. 몸이 균형 잡혔으며 얼굴은 단정했다. 인간은 혼자 있기를 즐겼다. 인간은 촉촉이 비 내리는 날도, 꽃이 피고 벌과 나비가 허공을 따사롭게 나는 봄날도 즐기려고 하지 않았다. 인간은 동굴 속에 처박혀 손가락 하나 까딱 않고 지냈다. 하느님이 물었다. 애야, 왜 그렇게 동굴에서만 지내느냐. 모르겠어요. 그냥 꼼짝하기 싫어요. 우울해요. 하느님이 말했다. 밖으로 나와서 햇볕을 쐬며 걸어보자. 우울한 마음이 가실 게다. 싫다니까요. 날 좀 내버려둬요. 뭐가 괴롭다는 거냐? 아침에 일어나면 내가 쇠똥구리나 굼벵이로 변해 있지 않을까 두려워요. 그래서 아침이 두렵고 해가 두려워요. 하느님은 웃었다. 애야, 내가 너를 굼벵이나 쇠똥구리로 바꿀 필요가 어디 있겠니. 너는 그저 너라는 존재를 즐기기만 하면 된단다. 나를 다른 존재로 바꾸지 않겠다고 내게 약속을 해줘요. 하느님은 엄숙한 표정을 지었다. 애야, 나는 피조물에게 약속을 하지 않는다. 나는 통치할 뿐이다. 너는 복종할 의무가 있을 뿐이다. 오랫동안 하느님은 인간 얼굴을 보지 못했다. 하느님은 동굴 속으로 들어가보았다. 애야, 어디 있느냐. 인간은 동굴 깊숙이 숨어 있었다. 천장에 무리를 지어 붙어 있던 박쥐들이 하느님의 등장에 소란을 부렸다. 하느님이 인간을 찾자 인간이 말했다. 왜 날 만들었나요. 하느님이 말했다. 애야, 난 너에게 따뜻한 햇볕과 살랑이는 바람과 달고 시원한 물을 선사했다. 부족한 게 있으면 말해봐라. 인간은 으르렁거렸다. 그딴 거 다 필요 없어요. 왜 날 만들었냐니까요! 하느님은 씁쓰레한 미소를 지으며 물러 나왔다. 동굴 벽에 하느님을 원망하는 낙서가 잔뜩 쓰여 있었다. 낙서 옆에는 섬뜩한 그림도 있었다. 하느님은 밖으로 나와 안쓰러운 마음으로 동굴을 바라보았다. 인간만큼이나 우울해진 하느님은 오른손을 들어 동굴을 부숴버렸다. 하느님은 다시는 인간을 창조하지 않겠다고 결심했지만 시간이 흐르자 다시 마음을 고쳐먹었다. 한번 시작한 이상 인간 창조를 멈추기란 어려웠다. 인간이란 존재에게는 이상한 매력이 있었다. 하느님은 자신에게 복종하는 인간을 만들고 싶었다. 어떻게 된 건지 창조된 처음의 인간은 하느님의 말을 잘 들었지만 곧 또 다시 빗나가기 시작했다.

이야기를 쓰면서 생각했다. 하느님이 창조를 멈출 수 없다면, 범죄자는 범죄를 멈출 수 없다고. 신은 자신에게 복종하는 인간을 만들겠다며 탐욕을 부린 대가를 치러야 한다고. 신의 이야기를 시나리오로 쓰기는 쉽지 않을 것 같았다. 신에 대해서는 이야기로 결말을 짓고, 도광수와 만난 일은 「조우」라는 제목의 시나리오로 쓰고 싶었다.

나는 도광수를 범죄 현장에서 만났다. 정확히는 범죄를 저지를 곳이었다. 어둠에 싸인 배수로와 논두렁길을 우리는 같이 다녔는지도 모른다. 1986년 12월 하순의 어느 밤이었다. 가랑비가 내렸고 밤 아홉시경이었다. 수원에서 오는 버스에서 여자가 내렸다. 버스 정류소에서 마을까지는 멀지 않은 길이다. 마을로 가는 길에 야트막한 야산이 있었다. 나는 야산의 나무 사이에 몸을 숨기고 여자를 기다렸다. 야산 기슭에서 내려 빠른 속도로 여자를 따라잡을 생각이었다. 십여 초 사이에 추적은 끝난다. 나는 여자를 보고 거리를 재면서 움직일 준비를 했다. 그런데 나무 사이로 흘낏 검은 움직임이 보였다. 나는 얼어붙었다. 움직임은 멈췄다. 크기나 윤곽으로 보아 한겨울 야산을 다니는 짐승은 아니었다. 잠복근무하는 형사일까. 형사라면 한 명만 있지는 않을 터였다. 여자는 멀리 길을 가버렸다. 나는 졸지에 추적자에서 추적당하는 자로 바뀌었다. 야산을 넘어 도망칠까 주변을 살펴보았다. 그러나 도망치는 순간 나는 범인임을 행동으로 자백하게 된다. 어떻게 해야 하나? 나는 꼼짝 않고 매서운 겨울바람에 몸을 맡기고 나무에 붙어 있었다. 윙윙 세찬 바람 소리가 그제야 귀에 울렸다. 검은 물체가 다시 움직였다. 나는 슬그머니 몸을 나무에서 뗐다. 천천히 길 쪽으로 몸을 틀었다. 나는 지난 두 번의 범행에서 어떤 증거도 남기지 않았다. 지금 내가 믿을 기둥은 그런 믿음 자체였다. 갑자기 검은 물체가 불쑥 앞으로 나오더니 나를 불렀다. 어이, 형씨. 껄렁하고 불량한 목소리였다. 놈은 내 앞으로 오더니 침을 탁 뱉고 물방울이 옷에 맺힌 방수 점퍼를 털었다. 오늘 작업은 글렀으니 술이나 한잔합시다. 나는 엉거주춤 무슨 말인지 모르겠다는 표정으로 서 있었다. 가까이 온 놈의 얼굴이 어둠 속에서 희미하게 보였다. 오늘 계집애 사냥은 끝났다니까.

형사는 아니었다. 나는 갈 길이 급하다는 몸짓을 했다. 깊은 밤에 이상한 사람과 얽히기 싫다는 동작이었다. 남자는 한심하다는 목소리로 말했다. 그러지 맙시다. 같은 처지에. 두 달 전쯤에 그쪽에서 농수로에 하나 처넣지 않았소. 나는 침착하게 되물었다. 도대체 무슨 말인지. 남자의 발아래에서 나뭇가지 부러지는 소리가 났다. 사내가 손가락뼈를 꺾어 딱딱 소리를 내며 말했다.

내가 네 모습을 그날 밤 봤다니까.

사내가 더 가까이 다가왔다. 덮개를 쓴 얼굴의 아래쪽 턱 부분이 뾰족하고 눈이 작았다.

아주 재미가 좋지 않았나. 태안읍 농수로 근처였지.

나는 안간힘을 쓰고 버티며 놈의 얼굴을 바라보았다. 비에 섞인 암흑의 자락이 짙어서 다행이었다. 산 채로 잡아먹히는 꼴인 내 모습을 들키지 않아도 되었다.

놈이 말했다.

뭘 그렇게 용을 쓰고 있어. 한잔 꺾으러 가자니까.

우리는 길을 걸어 버스를 타고 태안읍으로 나왔다. 놈은 내 버스 요금까지 내면서 버스 기사에게 말했다. 두 사람입니다. 난방이 된 버스에 오르자 몸이 더워지는데도 알 수 없는 냉기로 몸서리가 쳐졌다. 뒤쪽 좌석에 몇 사람이 꾸벅꾸벅 졸고 있었다. 버스는 비 내리는 도로를 덜컹대며 달렸다. 버스 창으로 스산한 나목들이 검은 얼룩처럼 길을 따라 지나갔다. 놈은 창가 자리에 나를 밀어 넣고 자신은 좌석의 통로 쪽에 다리를 벌리고 앉았다. 버스가 도로가 파인 곳을 피하면서 비틀거렸다. 나는 지옥에서 보낸 사자에게 잡혀 끌려가는 중이었다. 놈이 나를 파출소에 처넣어도 나는 꼼짝없이 끌려가서 무릎을 꿇을 터였다. 놈이 내 멱살을 잡고 흔들어대며, 이 새끼가 여자를 발가벗기는 꼴을 봤어야 하는데요, 악질이죠, 하고 말하면 나는 고개를 숙이고 손을 얌전히 모은 채로 처분만 기다려야 할 것이다.

우리는 연탄불로 뒷고기를 굽는 식당으로 들어갔다. 식당 안은 연탄불 열기로 따뜻했다. 구멍이 뚫린 원형 양철판 가운데 연탄 화덕불이 발갛게 타오르고 있었다. 키가 작고 웃는 인상인 아줌마가 따뜻한 보리차를 탁자에 놓았다. 놈은 뒷고기 2인분과 김치어묵탕에 소주를 두 병 시켰다. 아줌마, 술부터 먼저 줘요.

놈이 소주병을 까면서 말했다. 여기서 우리 집이 멀지 않아. 놈은 내가 움찔하는 모습에 웃음을 지었다. 뭐, 나도 사고를 쳤으니까 우린 같은 배를 탄 신세야. 놈은 자신을 도광수라고 소개했다. 나는 가짜 이름을 댔다. 놈은 내 이름에 관심이 없었다. 얼큰한 김치어묵탕은 추위에 언 속을 데웠다. 도광수는 나를 알고 있었다. 형씨, 그쪽은 레미콘 공장에 근무하잖아. 도대체 놈은 어디까지 알고 있는 것일까. 나는 소주잔을 비우며 어묵탕 국물로 데워진 몸에서 이는 전율을 누르려 애썼다.

도광수는 내가 다니는 레미콘 공장에서 멀지 않은 자동

차 부품 공장에서 근무했다. 기아자동차 화성 공장에 납품하는 영세 하청업체였다. 놈은 거리낌 없이 자신의 신상을 알렸다. 도광수는 웃으며 말했다. 어느 날 야근을 마치고 나가는 길에 내가 논길 안쪽으로 들어가는 모습을 보았다는 것이다. 놈은 호기심에 내 뒤를 밟았다. 내가 예전부터 사람 뒤를 밟는 걸 좋아했어. 들키지 않게 살금살금 뒤를 따라다니다 그냥 돌아왔지. 내가 뒤를 쫓는 데 소질이 있다니까. 길에서 마음에 드는 여자를 쫓아가서 어디 사는지 알아놓기도 하고 말이야. 그런데 내가 형씨를 쫓아간 그날 밤은 정말 좋은 구경거리를 본 거야. 놈은 소주잔을 탁 내려놓으며 말했다.

형씨는 알아? 나한테 부싯돌을 킨 거를.

부싯돌이라니, 무슨 말인가. 내가 놈의 살인 욕망에 방아쇠를 당겼다는 뜻이었다. 태안읍 진안리를 찾아갔던 그날 밤을 떠올렸다. 누가 내 뒤를 밟았다는 감은 들지 않았다. 나는 눈앞에서 움직이는 표적물에 온 신경을 쏟아 내뒤를 누군가 쫓는다고는 생각지도 못했다. 놈이 보지 않은 모습을 봤다고 거짓말을 하는 건 아닐까. 도광수는 그런 짐작을 예상했다는 듯이 내가 여자의 옷을 벗기는 과정을 자세히 묘사했다. 드라이버로 위협하며 무릎을 꿇리고 상의를 벗기는 과정이었다. 내가 어릴 때부터 밤눈이 밝았어. 나는 내가 발가벗겨지는 기분이 들었다.

놈이 고기 두 점을 소스에 찍어 한 번에 입에 넣더니 말했다.

형씨. 옷을 벗기는 기분이 어땠어.

도광수는 황홀한 광경을 상상하는 듯 눈을 게슴츠레하게 뜨고 입을 벌렸다.

형씨, 목을 조를 때는 어땠어. 그게 최고잖아.

나는 아연한 눈길로 도광수를 쳐다보았다. 놈은 자신의 상상에 빠져서 흥분하고 있었다. 고기를 씹는 얼굴이 먼 꿈을 헤매고 있는 것 같았다. 저러다 순식간에 발광으로 넘어갈 것 같았다.

왜, 좋지 않아? 얘기하기 싫어. 나는 다 말해줄 수 있는데.

도광수에게서는 살인의 고약한 냄새가 풍겼다. 맹견을 만난 겁먹은 개가 고개를 처박고 꼬리를 마는 것처럼 나는 도광수를 정면으로 대하기가 두려웠다. 놈은 살인의 세계에서 피를 맛볼 만반의 태세를 갖추고 있었다.

도광수는 1986년 12월 중순 태안읍 축대 위에 사체를 유기한 사건과 이틀 후 관항리 논둑에 시신을 버린 사건을 자랑스레 떠벌렸다. 오늘 내가 잠복한 야산과는 거리가 멀고 방향이 다른 곳이었다. 며칠 되지 않은 사건으로 그는 벌써 살인 두 건을 해치웠다. 블라우스로 양손을 뒤로 묶고, 머리에 스타킹을 씌운 시체를 끌고 가서 둑에 들깻단으로 덮어두었지. 우산 손잡이도 시험 삼아 써봤어. 놈은 앞으로 달릴 폭주에 마음이 들떠 있었다. 놈은 몸을 앞으로 당기고 낮은 목소리로 말했다. 우리가 앉은 벽 쪽 자리 한 테이블 건너편에 남녀 커플이, 그 옆으로 젊은이 세 사람이 앉아 있었다. 기름 묻은 잠바를 걸친 젊은이들은 작업 중에 직원이 다친 사건을 시끄럽게 떠들었다. 도광수는 옆을 슬쩍 보더니 자신이 하는 이야기에 몰입했다. 놈은 처음에는 자신이 불러낸 장면에 흥분해서 목소리가 높아지더니 어느 순간 차분해졌고, 마치 남의 행동을 관찰하는 듯한 자세로 돌아섰다. 도광수는 영화 편집기사처럼 장면을 나누어 하나씩 내 앞에 꺼내 들었다. 나는 도광수에게 잡혀서 꼼짝없이 그날 그 장소로 끌려가 눈을 뜨고 귀를 열고 있어야 했다. 술집의 따뜻한 공기가 나를 더 어지럽게 했다. 도광수가 말로 보여주는 잔혹한 장면에 나는 진저리를 쳤다. 그러나 놈의 이야기는 끈덕지게 계속됐다. 소고기를 좋아하는 사람에게 구운 소고기를 먹이고 또 먹이고, 토해도 강제로 먹여 소고기 냄새만 맡아도 구역질을 하게 만드는 상황이었다.

도광수는 내가 저지른 살인을 하나하나 상세하게 물어보고 손으로 여자들 목을 조를 때의 느낌을 물었다. 놈은 펄떡펄떡 뛰는 생명이 자신의 손 아래에서 빠져나가는 순간순간이 정교한 태엽 장치를 분해해서 늘어놓는 기쁨과 비슷하다고 말했다. 생명은 만들기도 어렵지만 없애기도 쉽지 않으니까. 그렇지 않아? 나는 고해성사라도 하는 심정으로 내가 저지른 두 번의 살인에 대해 입을 열었다. 죽어가는 자를 다룬 방법과 죽어가는 자가 저항한 방식과 주변의 흙과 돌과 둑과 농수로의 물을 이야기했다. 나도 그 순간만큼은 도광수에게 동화되어 나만이 알고 있는 현장의 비밀을 귀중한 경전이라도 되는 것처럼 도광수에게 전했다. 놈은 흠흠 콧김을 내뿜으며 입맛을 다셨다. 도광수는 마치 자신이 그 살인을 저지르지 못해 아쉬워하는 듯 보였다.

도광수는 손을 묶는 매듭에 관심이 많았다. 내가 했던 매듭에 대해 듣더니 고개를 끄덕였다. 그렇게만 해도 개성이 있지. 선박을 묶는 보우 라인 매듭 알아? 모른다고? 부두 말뚝에 묶은 매듭이 풀려 배가 떠내려가면 안 되니까 견고하게 만든 매듭이야. 인명구조용 로프 매듭으로도 쓰지. 그런 게 최고야. 도광수는 살인의 왕으로 올라서서 세상의 살인을 모두 감독하고 싶어 했다. 화성에서 벌어진 살인은 모두 자신의 감독에 따른 비극이어야 했다. 도광수는 말했다. 형씨가 두 건을 해냈네. 나도 두 건이야. 도광수는 우리 둘이 같이 했어도 좋았을 텐데, 라며 은근히 나를 떠보았다. 나는 오싹 소름이 끼쳤다. 도광수는 화성에서 계속 살인을 이어갈 태세였다. 하늘에 두 개의 태양이 있을 수 없었다. 화성의 밤하늘에도 두 개의 달이 떠 있을 수는 없었다. 나는 화성에서 물러나야 했다.

술집 앞에서 헤어지며 도광수는 힘주어 나를 안았다. 나는 손을 아래로 내리고 엉거주춤, 놈의 허리를 안았다. 단단하면서 유연한 비단뱀의 허리 같아 손이 떨렸다. 놈이 친구라고 부르면서 나를 껴안은 손에 힘을 줬다. 나는 놈과 가까워지고 싶은 마음이 조금도 없었다. 나도 나쁜 놈이지만 도광수만큼 사악하지는 않았다. 도광수 같은 놈이 되고 싶지도 않았다. 나를 들끓게 만들었던 괴상한 열기는 힘을 잃고 축 늘어졌다. 내게서 사라진 열기는 도광수가 가져갔는지도 모른다. 놈은 나의 더 악한 면을 압축한 분신이었다. 나는 도광수를 죽여 앞으로 있을 살인을 막음으로써 내가 저지른 과거를 속죄할 수도 있었다. 그게 가능했을까? 내가 진정 그 길을 원했을까? 나는 도광수가 두려웠다. 놈은 동굴 속에서 박쥐를 잡아먹으며 몸을 도사리고 앉은 비단뱀이었다. 끈적하고 축축한 감촉은 내 피부에 달라붙어 떨어지지 않을 것만 같았다.

나는 이놈을 다시는 만나지 않을 것이다. 며칠 지나지 않아 나는 신문의 커다란 활자를 통해 도광수가 한 범행이 사실임을 알았다. 레미콘 공장 근처 도광수의 공장을 보기만 해도 몸이 떨렸다. 회사에 퇴직 의사를 밝혔으나 신입 채용이 늦어졌다. 해가 바뀌고 봄이 끝날 무렵에야 나는 레미콘 공장을 떠날 수 있었다. 도광수 주변을 벗어나자 온몸의 때를 벗겨낸 것처럼 시원했다. 나는 화성 살인 사건에서 처음의 두 건에 관여했으며, 꿈속까지 탈탈 털어도 그뿐이다. 도광수는 풀어놓으면 송곳니를 드러내고 폭주에 폭주를 거듭할 놈이다. 화성에서 살인 사건이 연이어 터지면서 언론에 무능한 경찰을 비난하는 소리가 나올 때마다 나는 사악한 놈을 떠올렸다. 놈은 허영까지 넘쳐 내가 저지른 범행도 자신이 저질렀으며 자신은 소명받은 살인의 제왕이라고 떠벌릴 놈이었다. 놈을 멈추려면 죽이거나 감옥에 처넣어두는 방법밖에 없을 것이다.

도광수를 만난 이후로 나는 화성과 살인 현장에서 멀어졌다. 참회하고 속죄하려는 마음도 생겨나 어느 날은 절에도 갔다. 며칠 가랑비가 내려 우울해졌기 때문일까? 그렇지는 않았을 것이다. 절은 좁은 계곡에 세운 축대를 따라 높은 지대에 있었다. 절 입구의 찻집은 시원하게 트인 건물이었고 난간을 따라 놓은 의자에 손님이 많았다. 그 옆의 황토벽에 검고 가벼운 금속 기와를 올린 찻집용 건물이 따로 붙어 벽과 금속 지붕의 어울리지 않는 조합만큼이나 절 입구의 풍경이 묘했다. 찻집을 지나자 돌탑 앞에 영정을 든 유족들이 서서 스님의 염불을 듣고 있었다. 평평하고 넓은 땅에 대웅전과 건물 네 채가 서 있고, 그중 한 채는 분위기에 어울리지 않게 콘크리트 이층 건물로 신도들이 모이고 식사를 하는 장소였다. 대웅전 뒤편과 건물 옆 경계를 따라 큰 나무와 관목, 수국 등이 맞춤하게 자리를 잡았다. 명부전에서 젊은 스님이 지장보살을 외며 절을 했다. 그 옆에서 잿빛 옷을 입은 아주머니가 차분하게 함께 절을 올렸다. 절을 한 바퀴 돌고 오자 땀에 푹 젖은 스님이 명부전 밖으로 나왔다. 몸집이 단단하고 눈빛이 형형하며 깎은 머리가 새파래 무술사범 같은 인상을 풍겼다.

대웅전 중앙 좌대에 앉은 금빛 부처상을 보자 참회의 절을 올리고 싶었다. 내게 죽은 두 여자가 부처상 양옆에서 어른대는 듯했다. 누가 나를 끌어당기기라도 한 것처럼 나도 모르게 옆문을 통해 대웅전 마루로 올라섰다. 맨발에 닿은 마루가 시원하면서 선뜩했다. 부처상 옆에는 일곱 단으로 죽은 사람들을 추모하는 금색 명패가 빽빽하게 들어찼고 천장에도 이름을 붙인 시주 등이 가득했다. 한쪽 벽에 우두커니 서서 불공을 드리는 신도들을 지켜보았다. 내가 잠깐 살펴보는 사이에 젊은 남녀와 할머니가 들어와서 절을 하고 복전함에 돈을 넣었다. 금빛 부처상은 엄하면서도 자비로운 얼굴이었다. 언젠가 성당에서도 이런 묘한 기분에 싸여 손을 맞잡은 적이 있었다. 성당 입구의 청동 성모 마리아상은 고개를 갸웃 숙인 모습이었는데, 뭔지 모를 자비로운 기운을 담고 있어 나 같은 죄인도 넉넉히 품어줄 것 같았다. 성모 마리아에게 용서를 구하려면 어떤 자세를 취해야 하는지 몰라 양손을 깍지걸이해서 가슴에 대고 있었다. 나는 악인이다. 마리아상 앞에서 이렇게 되뇌며, 내가 악인임을 자각하는 것만으로도 나는 용서의 여지가 있는 편이라고 믿었다. 세상에 악인임을 인정하지 않고 악을 쌓고 또 쌓는 악인이 얼마나 많은가.

나는 절하는 아주머니 뒤로 슬금슬금 가서 그이가 하는 방식대로 방석을 가져와 절을 올렸다. 아주머니는 절하는 흐름에 맞춰 중얼중얼 무슨 가락을 읊었는데 불경 같기도 하고 가족의 건강과 복을 비는 소원 같기도 했다. 나는 묵묵히 내가 죽인 두 사람의 명복을 빌었다. 죽은 사람의 얼굴을 떠올려 명복을 빌고자 했지만 그날의 짙은 어둠에 가려져 두루뭉술한 덩어리만 떠올랐다 가라앉았다. 몇 번 절을 올리다 보니 내 앞의 아주머니가 읊조리는 소리가 귀에 거슬렸다. 누군가를 저주하는 주문 같기도 했으며 소리는 점점 커져 내 머릿속이 꽉 찬 느낌이 들었다. 머리를 흔들어 정신을 차리니 아주머니의 소리는 처음처럼 다시 작아졌다. 그 순간 아주머니가 입은 잿빛 바지 사이로 엉덩이와 허벅지의 선이 나타났다. 그러고 보니 아주머니는 실팍한 살집에 얼굴이 둥그스름하고 피부가 매끄러웠다. 그런 잡념이 끼어들자 아랫도리가 부풀어 올랐다. 나는 엉거주춤 선 채로 합장을 하고 머리를 숙였다. 여자의 바지를 벗겨 양손을 묶는 장면이 번개처럼 머리를 스치고 지나갔다. 저 여자는 어쩌면 나를 저주하는 주문을 읊고 있는지도 모른다. 그러면 여자는 죽어 마땅한 죄를 저지르고 있다는, 말도 안 되는 핑계가 마음 한쪽에 일어났다 사라지고 다시 일어났다. 내 옆에 와서 절을 하려다가 나를 흘낏 본 사람이 자리를 반대쪽으로 옮겨갔다. 나는 마음을 추스르고 복전함에 돈을 넣고 밖으로 나왔다. 조금 우울해 찻집에 가서 진한 커피를 한 잔 마셨다. 커피를 마시는 사이에 내 앞에서 절을 하던 아주머니가 내려가는 모습이 보였다. 나는 하마터면 마시던 커피를 버려두고 아주머니를 쫓아가서 내가 쌓은 작은 참회마저 무너뜨릴 뻔했다.

내 엑스트라 출연은 계속 이어져, 멜로 영화를 찍은 선릉 촬영장에서는 밀회를 하는 주인공 옆을 지나는 관광객으로 나섰다. 주인공 여자가 남자 배우 옆에 달라붙자 남자가 반걸음 옆으로 옮기면서 엉뚱한 말을 던졌다. 두 배우가 좋아하는 감정을 숨기는 연기가 너무 그럴싸해 나는 먼발치서 흘깃거리며 구경을 했다. 엑스트라는 촬영장을 굴리는 작은 부속품으로, 주연배우나 조연배우에게 말을 걸거나 알은체를 하거나 사인을 받지 못하게 되어 있었다. 촬영장에 들어서면 제작부서에서 그런 행동에 대해 엄중한 경고를 내렸고, 어기면 금방 다른 사람으로 대체되고 자리를 떠나야 했다. 엑스트라에게 유명 배우란 맨눈으로 보면 눈을 상하게 만드는 태양과 같았다. 수목원

장면 촬영을 할 때는 정원사로 나서 사다리를 들고 다니며 전지가위로 가지를 쳤다. 그럴 때 내 모습이 롱 숏으로 먼 그림으로 처리되는지 아니면 좀 더 가깝게 나오는지 촬영장에서는 알지 못했다. 관객은 배경으로 잡혀 있어 별 신경 쓰지 않겠지만 가지 하나를 잘라도 침엽수나 활엽수, 나무와 가지의 크기와 길이를 감안해 가위를 섬세하게 놀렸다. 어떨 때는 행인이나 경찰로 나오기도 했고, 술집의 주연배우 뒤쪽 자리에서 술을 마시기도 했다. 내가 엑스트라로 출연한 영화를 극장에서 보면 이상한 떨림을 느꼈다. 스크린이 살아서 내게 말을 건넨다고 해야 할까. 그 장면의 거리에서 행인이 나임을 아는 사람은 없다. 관객은 화면을 스쳐 지나가는 행인이 누군지 주목하지 않는다. 나는 화면에서 숨 쉬며 걸어 다니지만 사실은 허깨비에 가까운 존재다. 그래도 나는 존재하고 있어 좋았다. 짧은 순간이지만 나는 화면에 비친 나 자신에게 감동했다. 비록 지금은 대사 하나 없는 벙어리 신세지만 아기가 한마디씩 말을 배우듯 나도 대사를 읊조릴 날이 올 터였다.

「살인의 추억」 조감독 출신이 감독을 맡은 영화에 엑스트라 형사로 출연했다. 주인공이 경찰서에서 조사받고 있을 때 조사 형사 뒷줄 책상에 앉아 컴퓨터 자판을 두들기며 업무에 몰두하는 역할이었다. 사오십대 형사가 있어야 경찰서 장면의 현실감이 높아졌다. 감독은 경찰서 조사 장면을 다섯 번 찍었다. 그는 테이크가 한 번 끝나면 매번 카메라 화면을 살피고 자신이 직접 그린 촬영 스케치 드로잉과 비교하며 심각한 표정을 짓고는 배우들에게 이런저런 주문을 하고 조명과 소품을 다시 배치하곤 했다. 감독의 콘티 도안은 소품까지 위치를 잡아 미리 그려 넣을 정도로 아주 세세했다. 다시 조명이 켜지고 감독의 '레디 액션' 신호를 기다리는 동안은 촬영장에 적막이 찾아왔다. 배우들은 감독의 새로운 요구에 맞추기 위해 바짝 긴장하는 모습이었다. 감독은 촬영장 안의 바람과 빛까지도 완벽하게 통제하는 사람이었다. 나는 촬영이 거듭될 때마다 성실한 형사의 모습으로 조용히 컴퓨터로 조서를 치고 수사 기록을 넘기고 있었다. 내가 보기에는 첫 테이크부터 다섯번째 테이크까지 다 비슷비슷했다. 어느 테이크를 쓰더라도 별로 차이가 없어 보였다. 감독은 계속 미세한 차이에 집착했지만 내가 보기엔 지나친 욕심 같았다. 카메라는 무섭게 완벽하지만 인간은 완벽하지 못하다. 사람의 눈과 감각은 그런 미세한 차이를 잘 잡아내지 못한다. 미세한 차이라도 살인 장면과 같은 결정적인 순간에는 크게 부각되어 관객의 뇌리에 박힌다. 하지만 이번 촬영은 그냥 평범한 경찰서 조사 장면이 아니냐 말이다.

경찰서 장면 촬영이 끝나고 일어서며 우연히 감독과 눈이 마주쳤다. 나는 꾸벅 인사를 하고 촬영장을 빠져나가려고 했다. 감독이 조감독을 부르며 내게 잠시 기다리라는 손짓을 했다. 감독은 조감독에게 무슨 말을 듣더니 나를 날카로운 눈으로 살폈다. 번쩍이는 감독의 눈은 나의 내장과 뼈를 모두 꿰뚫어보는 듯했다. 나는 그 눈빛에 걸음을 멈추었다. 감독은 주머니에서 선글라스를 꺼내 쓰고 자신이 포착한 것을 확인하는 자세로 내 쪽을 바라보았다. 선글라스에 가려 감독의 시선을 전혀 읽을 수 없게 되자 나는 더욱 당혹스러웠다. 나는 등을 타고 내리는 서늘함 속에서도 그가 내 정체를 알아낼 리는 없다며 마음을 다잡았다. 감독은 조감독에게 작은 소리로 몇 마디 하더니 갑자기 몸을 돌려 밖으로 나가버렸다. 나는 겨우 조감독에게 다가가 머리를 숙여 인사하고 물었다.

무슨 일인가요?

감독님이 헷갈리는 것 같은데…… 혹시 「살인의 추억」 때 엑스트라를 뛴 적 있어요?

아니…… 그때는 엑스트라 일을 안 할 때인데요.

그렇지, 그렇다니까. 촬영 현장하고도 관계가 없죠?

그렇죠. 저는 그다지……

그렇다니까요. 가봐요.

허문비가 소개한 무술 도장은 뒷골목 오래된 건물 오층에 있었다. 전봇대와 축 늘어진 전선이 지저분하게 엉켜 있었다. 건물에 붙은 간판은 바래서 글자가 흐릿하고 고정 장치가 헐거워져 강풍이라도 불면 덜컹 떨어져 머리 위로 쏟아져 내릴 것만 같았다. 엘리베이터가 없어 오층으로 올라가는 계단이 체력 훈련 코스 같았다. 계단이 한 층씩 높아질수록 바닥과 벽이 심하게 더러워지고, 어떤 곳은 낙서를 지운 얼룩 위로 또 다른 낙서가 덧그려져 있었다. 도장 바닥에는 충격을 줄이는 두꺼운 매트가 깔려 있고, 한쪽에 샌드백 두 개가 걸려 있었다. 벽장에는 길이가 다른 봉이 여러 개 세워져 있었다. 무술 도장에 흔히 걸린 상패 하나 없었다. 나는 그냥 돌아갈까 하다가 계십니까, 하고 사람을 불렀다. 안쪽에 붙은 방에서 사람이 나왔다. 중키에 운동복을 입은 노인이었다. 얼굴 오른쪽 눈 밑이 혹처럼 부어 있고, 그와 균형을 맞추려는 것처럼 왼쪽 눈 위에 검은 사마귀가 보기 싫게 달려 있었다. 까무잡잡한 얼굴은 나이를 보여주듯 볼살이 축 처졌고 작은 눈은 매섭게 보였다. 덥수룩한 허연 머리 사이로 듬성듬성 검은 머리가 뭉쳐 있었다. 망설이다 관장님이 계신지 묻자 외출 중이라고 했다. 뜸을 들이다가 혹시 지도사범이시냐고 물었다. 노인이 고개를 끄덕였다. 흰 도복을 입고 유려하게 손을 저으며 발을 바닥에 붙여 움직이는 얼굴 맑은 노인을 기대하지는 않았지만 나는 뭔가 잘못 찾아온 것 같아 말을 멈췄다. 노인도 별말 없이 그냥 물끄러미 서 있었다.

잠시 머뭇거리던 나는 입을 열었다. 허문비 씨 소개로 왔습니다. 그러자 노인이 따지듯이 말했다. 어떤 무술을 배우겠다는 거야? 네, 무슨 말씀이신지요? 노인은 말했다. 단번에 사람을 죽이는 무술이 있고, 영화에서 보는 화려한 무술이 있지. 어떤 걸 배우겠나.

노인은 마치 사람을 죽이는 무술을 선택하면 증거로 누군가를 단박 죽여 앞에 내놓을 것처럼 보였다. 나는 태권도와 합기도 유단자다. 어릴 때 곱상한 얼굴과 하얀 피부 때문에 아이들에게 놀림을 많이 받았고, 내 몸을 지킬 방도로 무술을 배우게 되었다. 중학교 2학년 때 나를 집적대고 계집애 같다며 모욕을 주던 반의 대장과 맞짱을 뜨려고 했다. 그 애는 나보다 머리 하나는 더 컸고 덩치와

싸움 기술도 좋았다. 격투기에 가까운 레슬링 기술을 구사했는데 긴 팔을 이용해 상대방을 붙잡으면 넘어뜨린 뒤 팔과 다리를 꺾어 항복을 받아냈다. 깔린 채로 버티며 저항하다가는 주먹과 팔꿈치로 피범벅이 되도록 두들겨 맞았다. 그 애에게 한번 항복한 아이는 졸업할 때까지 일종의 노예 신세를 면치 못했다. 그는 우리 반의 대장이면서 학교 전체에서 몇 손가락 안에 들어가는 짱이었다.

중학생이던 내가 도장 무술 사범에게 배우려고 한 건 사람의 급소였다. 목과 인중 주변, 명치에 급소는 모여 있었다. 무술 사범은 급소 공격은 정말 위급할 때 써야 한다며 무술의 도를 알 나이가 되면 가르쳐주겠다고 했다. 무술에 어떤 도가 감춰져 있는지 모르지만 그날을 기다리기에는 너무 급했다. 나는 헌책방에 가서 급소를 공격하는 방법을 담은 무술책을 사서 혼자 연습을 했다. 책에 실린 인체 그림과 대련 장면은 어린 내 눈에도 어설프기 짝이 없었지만 어쨌든 급소가 어딘지는 알 수 있었다. 거울 앞에 서서 상대방의 움직임을 상상하며 책에 쓰인 대로 공격하고 방어했다. 마음으로 거울에 악마를 그렸고, 나는 악마를 물리치는 전사였다.

같은 동작을 수백 번 연습하자 암흑 속에서도 상대의

급소, 정확하게는 급소 부근을 공격할 감각이 길러졌다.

중학교 2학년 우리 반에는 조용한 아이가 두 명 있었다. 한 명은 심각하게 조용했고 나는 평범하게 조용했다. 심각하게 조용했던 아이는 성적이 좋았고 옷차림도 깔끔했다. 필기구도 밀수품이 아닐까 부러움과 의심을 함께 받는 일본 문구였다. 그 아이는 벙어리가 아닐까 싶을 정도로 학교에서 말을 하지 않았다. 별명이 완금이었다. 침묵은 금이라는 격언에서 따온, 완전한 금덩어리라는 뜻이었다. 완금이 담임선생님과 교무실에서 이야기를 나누는 장면을 같은 반 아이가 목격하면서 언어 장애가 있다는 소문은 사라졌다. 완금은 누구와도 어울리지 않았다. 그 애는 쉬는 시간이면 당시에는 그런 게 있는지 알지도 못했던 프랑스 그림책을 꺼내 뒤적거렸다. 한 달쯤 그 책을 보면 다른 그림책으로 넘어갔다. 프랑스 그림책이었는지 독일 그림책이었는지 사실 우리는 알지 못했다. 아이 하나가 프랑스 그림책이라고 우겼고 아무 반박할 근거도 없는 우리는 그저 고개를 끄덕였을 뿐이다. 우리는 정교하게 천연색으로 그려진 귀해 보이는 그 책을 지나가면서 흘깃 쳐다봤을 뿐이다. 중학교 2학년이었던 우리는 대개 악동이었지만 완금이 내뿜는 독특한 분위기에 눌려 그 애

주변을 조심스레 비켜 갔다. 모두가 은근히 완금과 적당한 거리를 지켰던 암묵적인 규율이 깨진 사건은 한 아이가 전학 오면서 일어났다. 종전 학교에서 문제아였던 아이는 별명이 탱크로, 전학 오자 바로 반에서 자기 과시를 시작했다. 아이는 자신이 반에서 두목이며 모두가 자신에게 복종해야 한다고 했다. 그 애는 힘을 자랑할 준비가 되어 있었다. 아이는 종전의 대장을 비롯한 반 아이를 모두 굴복시켰고, 결국에는 힘을 과시하고 뽐내는 마지막 대상으로 아무도 손대지 않는 성역과 같은 완금을 택했다. 아이는 완금이 보는 책을 집어 던지고 연필과 지우개를 마음대로 가져갔다. 몇 번 이런 일이 벌어지자 완금이 아이에게 말했다. 수업 끝나고 보자.

학교 체육관 뒤에서 붙은 탱크와 완금의 싸움은 탱크가 바닥에 쓰러져 눈을 뒤집고 경련을 일으키면서 끝났다. 완금은 인정사정 보지 않고 급소 두 곳을 날카롭게 공격했다. 내가 무술 책에서 보고 연습했던 옆구리와 명치의 급소였다. 학교에 병원 구급차가 온 것도 처음이었다. 주변에 둘러선 나를 포함한 급우들은 구급차의 사이렌 소리에 놀랐고, 탱크가 죽지나 않을까 하는 공포에 시달렸다. 급우들은 그만큼이나 완금의 무표정과 차가움에 충격을 받았다. 그리고 그의 감춰진 면모를 알게 됐다고 떠들었다. 어떤 아이는 완금이 개구리를 땅바닥에 패대기친 뒤 죽어가는 장면을 보는 악동처럼 엷은 미소를 띠고 그 자리를 즐기고 있었다고 했다. 그런가. 완금은 자신이 벌인 일에 책임을 지겠다는 자세로 사태를 지켜보고 있었던 긴 아닐까. 완금은 탱크가 죽으면 죽는 대로, 병신이 되면 병신이 되는 대로 자신이 할 일을 하겠다는 담담한 자세였는지 모른다. 나는 내가 그토록 연습한 결과가 생뚱맞게 완금에게서 나타난 데에 놀랐다.

평범하게 조용했던 나는 그 사건으로 반 아이들에게 완금과 같은 부류로 취급받는 뜻하지 않은 덕을 봤다. 나 역시 누구와도 어울리지 않았고, 내 몫인 진흙탕을 헤집으며 혼자 즐겁게 움직이는 미꾸라지로 살았다.

완금이 며칠 후 다시 학교에 나왔다는 사실에 아이들은 눈을 동그랗게 떴다. 완금은 무표정한 얼굴로 자리에 앉아 완벽한 침묵에 빠져들었고 담임선생도 지난 일에 대해 아무 말도 하지 않았다. 탱크와 완금의 부모가 어떻게 합의했는지는 모르지만 우리들은 완금이 보여준 또 다른 힘을 받아들이며 예전처럼 그의 주변만 돌아다녔다. 완금을 둘러싼 일 미터 거리에 과학 만화에서 보던 눈에 보이지 않는 강력한 방어막이 쳐진 것처럼 보였다. 어느 날 방과 후에 청소를 마치고 가방을 싸고 있는데 완금이 내게 말했다. 단팥빵 먹고 갈래? 완금이 처음으로 말을 건 모습에 나는 어쩔 줄을 몰랐지만 단팥빵의 유혹을 거부하기는 어려웠다. 우리는 교정 나무 옆 벤치에 앉아 단팥빵을 먹으며 아이들이 다 가고 없는 운동장을 쳐다봤다. 완금은 다시 침묵에 빠졌고 나는 다 먹은 단팥빵을 아쉬워하며 손가락을 핥았다. 완금이 아무 말 없이 가방에서 밀크 초콜릿을 꺼내 내게 주자 나는 늘 이렇게 먹으면 얼마나 좋을까 생각하며 덥석 받아 들었다.

완금이 색깔이 없는 반투명한 목소리로 말했다. 어머니를 죽이고 싶어. 나는 완금의 건조하면서도 분노와 슬픔을 담은 말이 빈 학교 운동장과 시끄럽게 우는 새소리에 어울린다고 생각했다. 그러면서 구체적인 사정을 들어볼 것도 없이 완금의 심정이 바로 이해되었다. 나도 그런 욕망을 밑바닥에 깔고 살고 있었기 때문이다. 나는 초콜릿을 삼키며 말했다. 나도 그래. 완금도 내 말을 당연한 듯 받아들였다. 우리 사이에 다시 침묵이 흘렀다. 나는 침묵을 깨고 어머니와 알통과 나에 관한 이야기를 완금에게 하고 싶었다. 그러나 그 이야기는 입천장에서만 돌면서 아직은 완금을 향한 혀에 실리지는 못했다.

알통이 어머니와 나를 발가벗기고 때리는 일은 내가 초등학교 육 년을 마칠 때까지 계속되었다. 그사이 술집은 안정되고 점점 잘되었다. 손님들은 술집에서 행패를 부리거나 어머니와 공씨 아줌마를 해코지하면 보복을 당한다는 사실을 잘 알고 있었다. 손님 누구도 직장이나 집에서 시비를 거는 알통과 마주치고 싶어 하지 않았다.

나는 초등학교 6학년이 되면서부터 알통을 박살 내고 싶었다. 내 마음 깊숙이 각인된 치욕은 전혀 사라지지 않았다. 감정은 기회를 봐서 들끓어 오르며 보복할 순간을 찾았다. 이불을 뒤집어쓰면 알통을 공격하는 환상이 어둠 속에서 찾아와 나와 어울렸다. 나는 환상을 즐겼고 환상은 여러 갈래로 뻗어나갔지만, 나는 환상 속에서도 알통을 두려워했고 완벽하게 공격하지는 못했다. 나는 어두컴컴한 숲 입구에서 소녀를 만났다. 소녀는 눈이 맑고 검었다. 소녀의 예쁜 턱이 어머니의 모습과 비슷했다. 나는 소녀가 건네준 창 촉을 나뭇가지 끝에 동여매었다. 소녀는 창을 흔들었고 나도 유쾌했다. 나는 소녀와 같이 큰 나무 뒤로 뻗은 길을 달렸고, 움푹 팬 바위에 누워 있는, 얼굴은 늑대고 몸은 곰 같은 괴상한 동물을 보았다. 이상한 일이었다. 동물은 벌떡 일어나 나를 쳐다보았다. 소녀가 내게 시선을 주더니 창을 날렸고, 가슴을 맞은 동물은 쓰러졌다. 소녀가 동물에게 다가가서 꽂힌 창을 빼내자 동물의 가슴에서 걸쭉한 가래 같은 액체가 뿜어져 나왔다. 소녀는 창날로 동물의 가죽을 쓱쓱 능숙하게 벗겼다. 가죽 안에는 또 다른 얼굴이 감춰져 있었는데 짧은 털이 붙은 목울대와 어깨의 상처는 알통의 몸과 닮았다. 그래도 알통의 얼굴은 아니었다. 소녀는 창을 내게 쥐여주었다. 소녀가 신음 소리를 뱉는 짐승의 목울대를 가리키자 나는 주춤주춤 물러섰다. 소녀는 내 귀에 대고 속삭였다. 저건 짐승이야, 잡아서 구워 먹어야 해. 나는 가슴을 죄는 압박감에 더 뒤로 물러섰다. 갑자기 소녀는 나를 손가락질하며 깔깔 웃었다. 소녀의 웃음소리가 높아지자 나는 짐승의 목을 향해 아무렇게나 창을 던졌다. 창은 하늘로 솟구쳐 짐승의 목을 향해 날랐다. 창이 떨어지는 곳을 보지 않고 나는 뒤돌아서서 뛰기 시작했다. 나를 부르는 소녀의 목소리가 발뒤꿈치를 쫓아왔다.

중학생이 되면서 내 환상은 변형되었다. 창을 하늘로 아무렇게나 던지는 방식이 아니라 알통을 직접 공격하는 방식으로 바뀌었다. 나는 끈으로 알통의 손을 뒤로 묶고 알통의 옷을 찢어 입에 재갈을 물렸다. 서서히 목을 조르며 손에 전해지는 경동맥의 꿈틀거림을 느끼고 일그러지는 얼굴을 살폈다. 날이 선 단도로 알통의 목과 얼굴을 그으며 한 방울씩 떨어지는 피를 즐기는 상상도 했다. 잠들기 전에 이불 속에서 그런 상상에 젖으면 나도 모르게 팔을 휘둘러 이불이 들썩대었다.

나는 완금에게 알통 이야기를 꺼내지 못했다. 나는 어처구니없게도 완금이 어머니를 죽일 때 도와줄지 물으면 어떻게 대답할까 고민하고 있었다. 복잡한 문제로 깊이 생각해봐야 할 물음이지만 나는 마음을 정했다. 완금은 완금답게 더 말을 하지 않고 일어나 햇볕이 쨍쨍한 운동장을 가로질러 정문을 나섰다.

나는 지금도 신문에서 자식이 부모를 죽였다는 기사를 보면 완금을 떠올린다. 어떤 경우는 유산 때문이고, 어떤 경우는 자신을 학대했다는 이유였지만 완금이라면 평범하지 않은 사연일 것만 같았다. 동시에 어머니와 알통에게 원한을 품은 내 마음을 완금이 어떻게 알았는지 궁금하다. 내 이마에 표식이라도 찍혀 있는 걸까. 그때 이후로 상대의 급소를 공격하는 무술을 수련한 적은 없다. 급소 공격이란 내게 무덤에 묻힌 고대 유물처럼 유폐된 기술이었다. 내 기억 깊이 잠겨 있던 시간을 노인은 콕 집어 건져 올린 셈이다.

노인은 대답을 기다리면서 물끄러미 나를 지켜보았다. 살짝 벌어진 입술 사이로 누런 이가 보였고, 한쪽이 찌그러져 균형이 맞지 않은 얼굴에 무술인과는 거리가 먼 칙칙한 눈빛이었다. 나는 뒤돌아서 나가려고 하다가 오기가 생겨 말을 내뱉었다.

단번에 사람을 죽이는 무술입니다.

노인은 이맛살을 펴고 얼굴 피부를 쫙 늘여서 괴이한 표정을 지으며 툭 던지듯이 말했다.

누구를 죽이려 하는가?

갑작스레 날아온 질문에 하마터면 당신을 죽이고 싶다고 대답할 뻔했다. 노인은 질문을 피할 생각은 하지 말라는 듯 엄숙한 표정을 짓고 있었다. 나는 노인의 별난 말에 밀리고 말았다. 나는 한숨을 쉬며 아직 정한 건 없으며 그런 일이 일어나지 않았으면 좋겠다고 대답했다. 노인은 내 대답에 만족하지 않았는지 눈살을 찌푸리며 다시 물었다.

사람을 죽여봤는가?

노인은 그런 질문에 만족스런 대답을 얻을 수 있다는 기대에 찬 얼굴이었다. 내가 답을 거부하면 내 얼굴 근육과 숨소리까지 분석해 답을 얻어낼 기세로 귀를 바짝 세우고 나를 뚫어지게 쳐다봤다. 그대로 있으면 머리에 열이 펄펄 올라 쓰러질 것 같았다. 나는 더 견딜 수 없어 뒤돌아서서 계단을 뛰어 내려왔다. 망할 놈의 노인. 나는 물에 빠져 허우적대다 겨우 살아나온 사람처럼 숨을 가쁘게 몰아쉬었다.

뒷골목을 빠져나와 소명준에게 전화했다. 무술을 배울 만한 도장을 소개해달라고 했다. 허문비가 소개한 곳은 마음에 들지 않던 모양이지요. 나는 그렇다고 했다. 노인을 떠올리기만 해도 진저리가 쳐졌다. 소명준이 소개한 도장은 영화배우와 스턴트맨이 많이 다니는 곳이었다. 소개해준 도장을 찾아가서 바로 삼 개월 수강증을 끊었다. 도장은 수련 시설도 좋고 조명도 밝았으며 실내 공간도 영화 세트장처럼 깔끔했다. 관장은 영화 무술감독 일로 자주 자리를 비웠고 사범 두 명이 지도를 맡았다. 나는 스트레칭을 하고 기본 동작을 익히며 천천히 무술 감각을 끌어올렸다. 이곳에서는 배우 지망생들에게 영화 촬영을 위한 무술을 지도했다. 그건 실제의 싸움이 아니라 화면에 비치는 모습을 중심에 놓고 합을 맞추며 다듬은 움직임이었다. 바다에서 물살을 가르며 속도를 내는 상어가 아니라 어시장에서 얼음을 뒤집어쓴 경매용 고기 같은 무술이라고 하면 지나칠까. 그러나 이런 무술도 나쁘지 않았다. 학생 시절에 익힌 필살기는 몸 어딘가에 숨어 있다가 내가 불러내면 나를 보호하고 내 욕망을 채워줄 시퍼런 빛을 흘리며 날 선 검으로 나타날 것이었다. 나는 게임의 한 장면처럼 내게 던져진 검을 휘두르며 적을 무너뜨리고 전진하면 될 뿐이었다.

내 일상은 연기학원과 무술 도장과 시나리오 공부로 바쁘게 돌아갔다. 그 와중에도 내 등 뒤에서 움직이는 유령은 여전했다. 책상 앞에서 글을 쓰고 있으면 유령의 발소리가 들린다. 고개를 재빨리 돌려봐도 등 뒤에는 아무도 없다. 나는 텅 빈 공간에 어떤 흔적이 남았는지 살펴본다. 내가 정말 소리를 들은 건지 의심스럽기도 하다. 소리는 존재하지만 소리를 낸 실체는 없다. 환청인가. 그럴 리는 없다. 어쨌든 나는 과거의 나로부터 하루가 다르게 멀어졌다. 허문비와의 그 사건이 일어나기 전까지, 나는 장래를 낙관했고 기웃거리는 비관적인 생각들을 흩어버리고 쫓아내었다.

2003년 가을, 서울에서 부유한 노인들이 살해당했다. 노인들은 둔기로 머리를 강타당해 죽었다. 나는 공원 벤치에서 옆자리 노인이 읽는 신문을 넘겨보았다. "피해자가 70대 노교수 부부인데다 범행 수법이 잔인하다는 점에서 범인이 누군지와 함께 범죄 동기에 대해 궁금증을 증폭시키고 있다." 노인은 기사를 읽으며 자신에게도 닥칠 수 있는 일인 것처럼 근심 어린 표정이었다. 두 달 후 가판대에서 1면에 큼지막하게 살인이라는 제목을 단 신문을 샀다. 신문 기사는 '연쇄 살인'이란 표현을 썼다. "지난 2003년 9월부터 잇달아 발생한 네 건의 부유층 노인 살해 사건이 동일범의 소행일 가능성이 높은 것으로 드러났다. 이들 사건은 범행 시간대와 범행 대상이 유사할 뿐 아니라, 현장에서 발견된 발자국도 대부분 일치하는 것으로 밝혀졌다."

피해자들은 부유층인데도 도난당한 금품이 없었다. 신문에는 부유층을 상대로 한 '증오 범죄'라는 분석이 잇따랐다. 나는 신문을 쥐고 한참 서 있었다. 11월 하순인데도 한겨울 못지않게 바람이 차서 어디 따뜻한 곳에 들어가고 싶었다. 하지만 나는 사면의 벽에 둘러싸인 곳으로 들어가기가 두려웠다. 도광수가 나를 껴안았던 1986년의 술집 기억 때문일까? 오래전 일인데도 내 얼굴에 찬물을 뿌린 것처럼 선명하게 그날의 촉감과 목소리가 살아났다. 나는 길을 건너 발걸음을 재촉했다. 고장이 났는지 가로등이 꺼진 곳에서 지나가는 남자와 어깨를 부딪쳤다. 휘청 넘어질 뻔했던 남자가 욕설을 했다. 나는 뒤를 돌아보지 않고 계속 걸었다. 내 머리가 자동으로 떠올리는 술집의 영상을 멈출 수가 없어 숨소리가 커지고 발걸음이 빨라지면서 나도 모르게 뛰었다. 나는 보도의 튀어나온 블록에 발이 걸려 나뒹굴었다. 손바닥과 팔꿈치에서 피가 흘렀고, 그제야 술집 영상은 스르륵 멈췄다.

경찰은 이제 화성 사건을 추적하지 않는다. 화성 수사는 사실상 끝나서 이름만의 수사본부를 남겨두고 있을 뿐이었다. 첫 사건을 저지르고 17년이 지났다. 언론도 더 이상 화성에 관심을 보이지 않았다. 영화 「살인의 추억」이 나왔을 때 화성 사건이 반짝 관심을 받았으나 곧 태양에 비친 안개처럼 사라졌다. 도광수는 어느 날 화성에서 살인을 끝내고 사라졌다. 그렇다면 나는 도광수의 3분의 1만큼 악한가. 아니다. 나는 머리를 저었다. 놈은 거대한 악이고 나는 잠시 발을 잘못 디딘 사람이었다. 노인 연쇄 살인도 도광수가 벌인 짓이 아닐까 의심스러웠다. 놈은 여자에서 노인으로 표적을 바꾸고, 목을 조르는 스타킹에서 육중한 둔기로 범행 도구를 교체한 것일까. 속이 부글

대며 위장에서 뭔가 치받아 올라왔다. 뒷골목으로 들어가 담벼락에 머리를 대고 꺽꺽 구토를 했다. 밥알과 두부 조각과 쓴 위액이 비강과 입에 퍼지며 울컥울컥 다음 구역 질을 재촉했다. 고개를 들자 컴컴한 골목 끝자락에서 도 광수가 다가와 아직도 허약하다니까, 이래서야 원! 하면 서 내 등을 두들길 것만 같았다.

소명준에게 소개해준 무술 도장이 괜찮다고 말했다. 소 명준은 그곳이 수강생 만족도가 높다고 했다. 도장에서 가르치는 무술 동작과 움직이는 선을 감독과 관객이 좋아 한다는 말이었다. 소명준은 여전히 시나리오로 고민하고 있었다. 나는 카페 여주인에게 아끼는 남동생이 있는 것 으로 설정하면 어떨지 의견을 냈다. 여주인은 힘들게 번 돈으로 남동생을 뒷바라지하고 있다. 그러니 남동생이 진 실을 알게 되면 복수를 하러 나서게 될 것이고 권 변호사 는 손을 떼도 되지 않을까. 소명준이 말했다. 좋은 생각 입니다. 그런데 관객이 기대하는 대로만 따라가면 실패할 수도 있으니 다른 곳으로 물길을 돌려야겠죠. 왜 관객이 원하는 방향으로 가면 안 되죠? 긴장감이 떨어지고 예상 과 맞으면 오히려 실망할 수도 있어요. 나는 잘 이해되지 않았지만 고개를 끄덕이고는, 어쨌든 권 변호사가 직접 행동에 나서는 건 캐릭터나 변호사라는 직업에 비춰 무리스러우니 다른 복수 방식을 찾자고 제안했다. 소명준이 말했다. 다른 방식이라면요? 나는 이야기 전개를 그려보며 말했다. 청부살인 조직에 일을 맡기는 거죠. 그런데 관객이 예상하는 길을 가지 않고 긴장감을 높이는 다른 길로 간다고 하면…… 나는 단호하게 말했다. 살인청부업자가 살해 대가로 돈을 받지 않는 겁니다. 보석이든 뭐든 물질적인 대가는 받지 않는 거죠. 소명준은 생각에 잠겨 말했다. 그럼 청부업자는 뭘 받을까요? 글쎄요. 의뢰인에게 아주 중요한 무엇을요. 의뢰인에게 중요하지만 물질과 관련 없는 무엇? 그렇죠. 그런 게 뭐가 있죠?

소명준은 며칠 후에 진전된 시나리오를 보여주었다.

(조폭) 친구　죽은 자가 카페 주인인데 여자지? 가족이 있지 않을까?

권 변호사　그래. 남동생이 있다는 말을 들었어.

친구　복수는 원래 가족이 하는 법이야. 눈에는 눈, 죽음에는 죽음으로.

권 변호사　……

권 변호사가 승용차에서 내려 카페 여주인의 남동생 집을 찾아간다. 지은 지 오래되어 허름한 연립주택에 도착해서 그곳 주민처럼 보이는 이에게 다가가 사층에 사는 사람을 찾는다고 말한다. 이야기를 듣던 주민은 아, 그 사람, 하면서 연립주택 마당에 주차된 빨간색 스포츠카를 가리킨다.

주민　(고개를 흔들며) 그 양반, 차 소음 좀 안 냈으면 좋겠어요. 늘 머플러에서 폭탄 터지는 소리를 내니……

권 변호사는 바퀴에 바람이 빠진 자전거와 택배용 박스가 쌓인 계단을 올라가 401호의 초인종을 누른다. 남동생이 문을 열어준다. 삼십대 후반 즈음인 남동생은 머리가 많이 빠지고 살이 쪄서 둔해 보이는 인상이다. 혼자 사는지 거실은 많이 어지럽혀져 있다. 권 변호사는 누나 사건 때 무죄를 받은 범인이 진짜 범인으로 자백했다고 말한다.

남동생　그놈이 범인이면, 내게 얼마가 떨어져요?

권 변호사 (예상치 못한 질문에 당황하며) 무슨 말이죠? 보상 말입니까?

남동생 우리 솔직하게 이야기합시다. 그놈에게서 받을 수 있는 배상금이나 위자료가 있을 게 아니요?

권 변호사 그놈은 무죄 판결을 받아서 위자료나 배상금은 받기 어려운 상태죠.

남동생 그럼, 여기 왜 왔어요?

권 변호사 왜 왔냐니요?

남동생 아니, 배상금을 받아서 나와 변호사님이 나눠 먹자, 이런 셈으로 온 거 아닙니까?

권 변호사 그보다도, 고인이 억울한 죽음을 당했기에……

남동생 세상에 억울한 죽음이야 많죠.

권 변호사 하늘에서라도 고인이 한을 풀도록 어떤……

남동생 한이라…… 변호사라는 분이 세상 물정을 몰라도 너무 모르시네. 진짜 변호사 맞아요?

권 변호사는 낭패한 얼굴로 남동생 집을 나와서 조폭 친구를 찾아간다. 길을 가는 중에 살인범 남자에게서 전화를 받는다. 남동생을 만났다면서요. 한번 해보겠다,

이거네. 경고하는데 내 일에서 손 떼요. 권 변호사, 아무 말 없이 전화를 끊는다. 권 변호사는 조폭 친구 사무실 문을 거칠게 열고 들어선다.

친구 복수는 쉽지 않아. 꼭 복수를 해야겠다면……

권 변호사 꼭 하고 싶어.

친구 소개를 해줄게. 그곳은 공익을 목적으로 살인을 하는 데야.

권 변호사 (의아한 얼굴로) 공익이라고?

친구 그곳에서 잣대를 대서 죽일 만한 놈인지 판단한다는 말이야. 돈을 벌려고 하는 곳은 아냐.

권 변호사 돈은 필요 없다고?

친구 그래. 대신에 의뢰인이 대가로 하나는 줘야 해.

권 변호사 그게 뭐야.

친구 가보면 알아.

권 변호사, 담을 높이 친 대저택에 들어간다. 경호원이 권 변호사의 몸을 철저히 검색한다. 권 변호사가 만난 할머니는 은발에 키가 크고 몸이 말랐다. 사람의 마음을 꿰뚫는 듯한 형형한 눈빛이다. 경호원 두 명이 할머니의 옆을 지키고 있다. 권 변호사의 애기를 들은 할머니가 고개를 끄덕인다.

할머니　　우린 전문 요원을 쓰지. 태국이나 러시아, 홍콩에서 오기도 하고. 실패하지 않아. 그러니 내가 결심만 하면 그 살인범이라는 작자는 죽은 목숨과 마찬가지야.

권 변호사　　놈은 죽어 마땅합니다. 그러지 않으면 앞으로도 또 그런 범죄를 저지를 겁니다.

할머니　　(우아하게 홍차를 마시며) 일에 착수하기 전에 일을 맡긴 사람에게 얻어야 할 게 하나 있어.

권 변호사　　(침묵한 채로 다음 말을 기다린다.)

할머니　　일을 맡긴 사람의 비밀 말이야. 그 이야기를 내게 해줘야 해.

권 변호사　　(당황한 모습으로) 비밀이라고요?

할머니　　그래. 비밀 이야기. 무덤까지 갖고 갈 비밀 말이지. 가족이든 친구든 누구에게도, 아니 신에게도 내놓지 못할 비밀 말이야.

권 변호사　　저는 평범한 사람입니다. 그런 비밀은 없습니다.

할머니 (가볍게 손을 저으며) 누구나 비밀 하나는 갖
고 있지.

할머니가 손을 들자 경호원이 차를 한 잔 가지고 온다.

할머니 마음을 안정시키고 기억을 되살리는 차야. 천
천히 떠올려봐. 깊고 깊은 우물로 내려가보는 거야.

권 변호사 (차를 마시고 숨을 내쉬며 난처한 표정을
짓는다. 눈을 감았다가 뜬다. 곤혹스러운 얼굴이
다.) 아무래도 제게 비밀 따위는……

할머니 (웃으며 차를 더 권한다. 조명이 어두워진다.)
긴장하지 말고, 천천히. 지하로 내려가보는 거야.

기억을 더듬는 권 변호사의 얼굴이 굳어지고 의자를
붙잡은 양손에 힘이 들어간다. 잊었던 기억이 권 변호사
를 덮치면서 표정이 점점 일그러진다. 낯선 곳에서 잠이
깨어 두려운 눈으로 주위를 둘러보는 아이가 있다면, 딱
지금의 권 변호사가 그렇다.

나는 시나리오를 덮었다. 소명준의 작품은 낯선 곳으로 가지를 뻗고 있었다. 이상하게도 나는 소명준의 시나리오에서 나를 향하는 총구를 보았다. 대사와 장면이 모여서 나를 공격하고 있는 것 같았다. 있을 수 없는 일인데도, 순간적으로 스치는 두려움에 몸을 떨었다. 나는 시나리오를 소명준에게 건네며 물었다. 할머니는 비밀 기억을 왜 모으죠? 그게 시나리오에서 중요한 갈림길이 될 것 같은데…… 소명준은 고민 중이라고 말했다. 답을 정해놓고 가는 시나리오가 아니라서요. 저도, 시나리오도, 할머니도 함께 답을 찾아야죠. 할머니도 함께 답을 찾는다고요? 시나리오 속 인물인데요? 그러게 말입니다. 근데 나는 할머니도 고민한다는 생각이 들어요. 할머니가 모종의 일을 벌써 벌이고 있는지도 모르고, 앞으로 비밀 이야기를 어딘가에 쓸 계획을 짜고 있는지도 모르죠. 때가 되면 할머니가 내게 이야기해줄 거라 믿어요. 시나리오 속 인물이 자신이 갈 길을 고민하며 작가에게 행동과 방향을 알려준다는 믿음은 묘하게 매력적이었다. 작가에게 손해날 생각은 아니었다. 내 인생도 내게 길을 알려주면 좋을 텐데. 내 인생은 나를 자꾸 막다른 골목으로만 몰아가는 것 같았다.

연기학원에서 특별 수업을 마친 후에 소명준과 허문비를 같이 만났다. 소명준이 조연 역할을 얻어 저녁과 술을 사겠다고 나섰다. 대사도 길고 여러 신을 찍는 첫 조연이었다. 경찰서의 막내 형사 역할로, 정의감은 넘치지만 실수를 연발하는 캐릭터였다. 관객의 시선을 끌 만한 역이어서 그는 제작발표회를 앞두고 들떠 있었다.

　허문비는 몸매가 드러나는 붉은 원피스를 입고 있었다. 허벅지에서 살짝 펼쳐진 옷자락 사이로 늘씬한 다리가 보였다. 어깨까지 늘어뜨린 윤기 나고 풍성한 머리카락이 매혹적으로 출렁거렸다. 나도 모르게 머리카락을 손에 칭칭 감고 마음껏 탐닉하고픈 욕망이 일었다.

　일본 뮤직비디오가 나오는 이자카야였다. 소명준은 소고기 양파 볶음, 스지 어묵탕과 꼬치구이, 사케를 주문했다. 테이블 사이를 나무 창살로 가려 안온한 분위기였다. 훈훈한 온기가 탁자와 기둥을 돌면서 손님들의 수다를 데워주었다. 소명준은 곧 촬영에 들어갈 영화의 감독과 주연배우 경력을 늘어놓으며 기분이 한껏 고양돼 있었다. 그 감독 영화를 거쳐 뜬 배우가 여럿이라며 혼자서 연거푸 술잔을 들이켰다. 내가 묵묵히 어묵탕 국물을 마시고 꼬치구이를 뜯는 동안 허문비는 소명준의 기분을 맞춰주며 즐겁게 맞장구를 쳤다. 소명준이 전화를 하러 나간 사이에 나는 허문비가 소개한 무술 도장에 갔던 이야기를 꺼냈다. 노인이 이상한 질문을 해서 당황스러웠다고 말했다.

허문비는 노인이 어떤 질문을 했는지 잘 안다는 표정으로 심드렁하게 말했다.

그게 이상한 질문이었나요?

처음 간 사람에게 할 법한 질문은 아니죠. 뭐라고 답해야 하는 거죠?

사실대로.

사실이란 게 뻔하지 않나요?

뻔하지 않아요. 사람마다 다를 것 같은데요.

그러니까 사람을 죽여본 적이 있느냐는 질문에 말이에요. 다 아니라고 대답하지 않겠어요.

허문비는 웃음 띤 얼굴로 아무렇지도 않게 말했다.

난 죽여봤어요.

사람을…… 말입니까?

허문비는 귀여운 표정으로 고개를 끄덕이면서 되물었다.

그쪽은요?

나는 고개를 저으며 사케를 한 잔 들이켰다.

사람을 죽였다니 농담이죠?

허문비는 여전히 상글상글 웃으면서 말했다.

난 나를 죽이려는 사람을 바로 감지할 수 있어요. 그런 사람을 그냥 둘 순 없지요.

허문비는 말을 이었다. 집에 강도가 침입했다. 정확히는 친구가 며칠 여행을 가면서 고양이를 돌봐달라고 부탁해서 들렀던 친구의 집이었다. 작은 연립주택이었는데 강도는 옥상에서 줄을 타고 내려와 창문으로 들어왔다. 강도가 침입할 때 그녀는 이미 깨어 있었다. 고양이가 괴상한 울음을 울었고 창문과 현관 입구에 쳐둔 줄에서 방울소리가 났기 때문이었다. 그녀는 늘 가지고 다니는 삼단봉을 손에 쥐었다. 삼단봉은 손목을 꺾으면서 휘두르면 70센티쯤으로 늘어나는 알루미늄 봉이었다. 강도가 흉기를 꺼내지 않았다면 그녀의 마음도 달라졌을지 모른다. 강도가 삼단봉을 든 그녀를 보고 거칠게 말했다. 무릎 꿇어. 목숨은 살려준다. 강도가 회칼을 허공에 쓱쓱 그으며 위협하자 공기가 찢기는 소리가 쉿 하고 났다. 그녀는 강도가 휘두르는 칼 소리를 듣는 순간, 둘 중 하나는 죽어야 끝나는 진검승부로 마음을 정했다. 건장한 체격의 강도는 젊은 여자가 든 삼단봉을 깔봤을지도 모른다. 그녀는 침대 옆 탁자에 놓인 책을 강도에게 던지고 한 걸음 내디디면서 삼단봉으로 강도를 내리쳤다. 책에 얼굴을 맞고 당황한 강도는 엉겁결에 흉기를 들지 않은 손으로 삼단봉을 막았다. 팔뼈가 뚝 부러지는 소리가 나면서 강도가 주춤 뒤로 물러서는 순간, 삼단봉 끝으로 쇄골과 목 사이의 움푹 들어간 곳을 찔렀다. 승부는 그걸로 끝났다. 경찰이 올 때까지 현장을 그대로 두었다. 강도는 흉기를 꽉 움켜쥐고 있었는데, 마지막 반격의 미련을 그렇게 붙잡고 있는 것처럼 보였다.

나는 허문비에게 물었다.

그래서 아무런 처벌을 받지 않았다는 말씀인가요?

그게 정당방위가 아니면 뭐가 정당방위겠어요?

목의 급소를 찔러 단번에 죽이는 건 전문적인 킬러도 쉽지 않습니다. 사람은 고정된 과녁이 아니라 피하고 움직이는 존재니까요.

허문비가 말했다. 믿지 못하겠다니, 그럼 앞으로 찍을 영화 속 사건이라고 해두죠.

소명준이 돌아왔고 우리는 밤늦도록 술을 마셨다. 거나하게 취한 소명준이 오늘은 부모님 집으로 가야 한다면서 먼저 떠나고, 내가 허문비를 바래다주기로 했다. 택시를 잡으려면 어린이놀이터를 낀 길로 걸어서 큰길로 나가야

했다. 살짝 흐린 하늘에 달무리 진 달이 우리 둘을 내려다
보고 있었다. 차가운 초겨울의 바람이 술이 오른 우리를
시원하게 휘감으며 지나갔다. 불그죽죽하게 시든 낙엽이
바람에 쓸려 내 발목에 모였다가 흩어졌다.

　놀이터 길로 가면서 나는 넌지시 허문비의 손을 잡았
다. 연기라는 새로운 영역에서 뛰고 있기 때문일까. 밀고
당기고 애태우는 우스꽝스러운 사랑 놀음은 평범한 사람
들의 몫이었다. 내게는 직진하고 돌격해서 부수는 사랑,
폭발로 날아가서 산 중턱에 혼자 턱 얹힌 화산탄과 같은
사랑이 제격이었다. 그건 사랑이 아니라고 말하며 시비
를 거는 잘난 인간들이 많겠지만 난 상관하지 않는다. 허
문비는 나직하고 야무진 목소리로 놓으세요, 라고 말했
다. 나는 그녀의 단호한 말 속에 밀고 당김이 감춰져 있다
고 마음대로 추측했다. 손을 놓고 몇 걸음을 옮기다 이번
에는 허문비의 허리를 감쌌다. 복근이 잡힌 허리는 손에
감기는 맛이 짜릿했다. 한 단계 높아지고 더 단단해진 그
녀의 목소리가 다시 울렸다. 손 떼요. 귀를 통해 내 의식
에 스며든 그 말의 진심이 어디에 있을지 가늠하면서 나
는 손을 조금 풀었다. 그녀는 그냥 거절하는 척하는 걸까,
아니면 정말 나를 거부하는 걸까. 이런 생각에 끌려가는

사이, 옆구리에 강한 통증을 느끼면서 나는 놀이터 벽에 기댔다. 그녀가 갈비뼈 아래의 옆구리 급소를 찌른 것이다. 통증이 내장과 옆구리 근육으로 단번에 퍼졌다. 그녀는 어느새 부드러운 액체에서 각진 고체로 변해 있었다. 나는 벽에 기댄 채로 천천히 무릎을 꿇으며 주저앉았다. 손으로 옆구리를 주무르고 싶었으나 손을 올릴 수가 없었다. 옆구리 쪽 근육이 모두 마비되어 숨이 막혔다. 제어할 수 없는 원초적인 공포감이 몰려왔다. 있는 힘을 다해 꺽꺽 입으로 숨을 빨아 당겨 아래로 밀어 넣었다. 애벌레의 신경에 침을 쏘아 마비시킨 후에 산 채로 새끼의 먹이로 삼는다는 벌이 생각났다. 허문비는 내게서 두어 걸음 떨어진 곳에서 내가 화성의 들판에서 내 욕망의 희생자를 물끄러미 바라보던 것처럼 조용히 나를 내려다보고 있었다. 그녀는 내가 왜 주저앉아 있는지 모르겠다는 무연한 표정으로 그렇게 서 있더니, 낮은 웃음을 터뜨리고는 아무 말 없이 자리를 떠났다.

나는 집에 돌아와서 침대에 누워 천장을 바라보았다. 허문비의 손과 허리의 감촉이 되살아났다. 동시에 그녀를 손에 쥘 수 없다는 단절의 감정이 나를 목마르게 했다. 부드러운 액체·상태의 그녀를 떠올리자 갈증이 점점 더 심해졌다. 그녀를 묶은 채로 눕혀 통째로 마시고 싶었다. 오래 세워둔 욕망의 기차가 달리기 시작한 것 같았다. 내 욕망의 기차가 출발해서 속도를 올리기 시작하면 멈춰 세울 수가 없었다. 기차는 종착지에 도착해야만 멈춰 섰다. 논둑과 풀숲과 농수로가 있는 종착지의 풍경은 어디나 비슷했다. 나는 허문비를 뒤쫓아갔다. 그녀는 주먹과 발로 반항했으나 나는 아슬아슬하게 그녀를 제압했다. 스타킹으로 손과 발을 묶고 재갈을 물린 그녀는 단단하면서 부드러웠다. 나는 오른손 집게손가락을 그녀의 목에 대고 꾹 누른 다음, 가슴을 거치고 등으로 넘어와서 엉덩이까지 훑었다. 그리고 허벅지의 곡선을 감상하며 그녀의 엉덩이 쪽으로 접근해 격렬하게 사정했다. 꿈이면서도 꿈이 아닌 절정이었다. 온몸의 정수가 다 빠져나가는 듯한 노곤함 속에서 나는 깨어났다. 방은 캄캄하고, 나는 옷도 벗지 않은 채 침대에 누워 있었다. 나는 시간을 알 수 없는 어둠을 유랑하다 일어났지만 허문비의 감촉은 선명하게 남아 그 감각을 흩어지지 않게 몸에 꽁꽁 동여매고 싶었다.

이제 꿈을 현실로 옮기는 게 필요할 뿐이다. 그녀의 집과 동선을 파악하고 밑그림을 그릴 것이다. 시간이 얼마가 걸리든 좋았다. 나는 추적자다. 추적 자체를 즐길 것이다. 계획하고 실행할 몇 개의 청사진을 그리는 사이에 나는 깜빡 잠이 들었다.

　장소와 풍경은 종전의 꿈과 똑같았다. 허문비는 내 앞에 묶여 있었다. 나는 알지 못할 불안감에 주변을 돌아보았다. 허문비의 몸에서 뭔가가 빠져나와 길게 뻗어나갔다. 허문비의 그림자였다. 그림자의 팔이 쭉쭉 길어지면서 순식간에 내 허리를 덮치고 지그시 강도를 높여왔다. 큰 짐승도 허리를 감아 죽인다는 비단뱀처럼 그림자의 힘은 내 허리를 동강 낼 듯이 엄청났다. 허리를 자른 다음에 잘린 상체를 땅에 붙여 자신의 절단된 하체를 눈으로 보게 한다는 요참형이 떠올랐다. 나는 그림자 팔을 떼어내려고 안간힘을 썼다. 그림자가 내 창자와 위장을 박살 내어 곤죽으로 만들 것 같은 공포감에 비명을 질렀다. 나는 내 고함 소리에 놀라 꿈에서 깨어났다. 방 안은 캄캄하고 나는 옷을 입은 채로 누워 있었다. 내가 지른 외마디 소리가 허공에서 그대로 굳어 내게 뚝뚝 떨어지는 것 같았다.

　나는 일어나서 머리를 흔들어 꿈을 털어버렸다. 기분 나쁠 것도 없고 마음에 담아둘 필요도 없는 잡스러운 개꿈이었다. 문득 자신을 죽이려는 사람을 감지하는 능력이 있으며, 그런 사람은 죽이고야 만다는 허문비의 말이 떠올

랐다. 꿈과 허문비의 말이 끈끈한 즙처럼 달라붙어 세면
대 찬물에 얼굴을 씻었다. 한번 달아나버린 잠은 다시 나
를 찾지 않아 책상에 앉아 책을 폈다. 시나리오 공부라도
더 해보자 싶었다. 영화 「살인의 추억」을 만든 감독도 그
런 마법을 통해 바로 내 옆까지 다가왔으리라. 한 발짝만
더 내디디면 내 목을 휘어잡을 수도 있었지만 영화는 거기
서 멈췄다. 멈출 수밖에 없었다. 영화는 모든 진실을 밝혀
내고 모든 인물의 내면을 들여다보는 척하지만 거기까지
였다. 진실과 내면을 향한 마지막 한 발자국은 결코 넘어
설 수 없었다. 넘어서는 척해보는 게 감독과 카메라의 역
할일 것이다. 보통 사람은, 관객은 그걸 깨닫지 못한다.

　나는 영화 현장에 있으면서 카메라와 감독이 부리는 마
법의 정체를 조금씩 알아갔다. 마법에 사로잡혀 스크린에
나타나는 장면에 빠져들면 영화 바닥을 벗어나지 못한다.
그건 왠지 사람들끼리 서로의 내면을 속이는 인생을 닮았
다. 나는 시나리오를 써보려고 집중한다. 기왕 시작한 일,
제대로 써서 공모전에 보내보고 싶은 생각이 든다. 시나
리오는 발상이 중요하다고 들었다. 몇 가지 적어놓기도
했는데, 어느 순간 도광수의 웃음이 책상에 어른거리면서
글은 조금도 나아가지 않는다.

소명준은 「무죄 전투」를 어떻게 마무리하고 있을까. 왜 남자가 변호사를 찾아가서 자신이 진범이라고 고백할까? 그렇게 행동한 동기를 추적하면 새로운 이야기로 연결되지 않을까? 살인범 남자가 실제로는 무죄지만 현실의 법정에서 살인 혐의로 유죄를 받는 구성은 어떨까. 남자를 얽어서 개미지옥에서 허우적대게 하는 것도 괜찮을 것 같다. 사람들은 내면의 속살과 마주하길 싫어할 수도 있지만, 나는 내 살인의 진실을 몽땅 털어놓고 싶다. 때가 오면 말이다. 쓰다 만 신에 관한 얘기를 마무리 짓고 내 살인 이야기를 '추억의 살인'이라는 시나리오로 완성해볼 테다. 나는 스탠드를 끌어당기고 글을 쓰기 시작했다. 신의 곤혹스러움과 악의 팽창에 대해.

하느님은 인간을 창조하면서 기대와 달리 점점 더 나쁜 결과가 나오는 현실에 불안했다. 창조를 거듭할수록 나빠지는 경우는 창조의 역사에서 처음이었다. 하느님은 인간을 남자와 여자, 두 종류로 나눠서 창조하기로 마음먹었다. 두 개의 자석처럼 서로가 서로를 끌어당겨 자신이 만든 동산에서 자신에게 복종하며 행복하게 살기를 꿈꿨다. 창조의 기본형으로 남자는 튼튼하고 억세게, 여자는 부드럽고 온화하게 만들었다. 하느님은 둘이 즐겁게 살기를 바랐다. 하느님이 동산에 내려오면 둘은 처음에는 곧잘 나타났다. 하느님은 둘의 형상을 보고 기뻤다. 그러나 남자와 여자는 서로에게 빠져들었고 은밀한 곳을 찾기 시작했다. 둘은 하느님이 자신들을 부르고 이것저것 물어보는 걸 점점 귀찮아했다. 둘은 하느님이 불러도 무표정한 얼굴로 하품을 하거나 발로 땅에 그림을 그리며 못 들은 척했다. 하느님은 당혹스러웠다. 선한 존재로 창조했건만 갈수록 선에서 멀어지는 까닭을 알기 어려웠다. 하느님은 곰곰이 인간의 창조 과정을 따져보았으나 어떤 잘못도 없었다. 하느님은 완벽했고 전능했다. 남자와 여자는 갈수록 하느님이 볼 수 없는 곳으로 숨어들었다. 애들아, 너희들을 보고 싶구나. 엄하게 말하면 마지못한 듯 하느님 앞에 섰다. 남자와 여자가 하느님에게 노골적으로 말했다. 우리는 당신 앞에 서기 싫습니다. 왜 싫단 말인가? 이유를 대보아라. 그냥 싫습니다. 우리를 그냥 내버려두었으면 합니다. 도저히 이해할 수 없구나. 내가 너희들을 괴롭힌 게 있으면 하나라도 말해보아라. 우린 당신 앞에 서는 일이 싫고 끔찍합니다. 당신이 우리를 바라보는 눈초리가 지긋지긋해요. 당신은 언제나 우리의 잘못을 일깨우고 질책할 거리를 찾고 있어요. 당신이 부르면 당신 앞에 서야 한다는 게 견디기 힘들어요. 하느님은 위기가 찾아왔음을 직감했다. 너희는 악으로 건너가려 하는구나. 어떤 일이 있어도 여기 동산에 머물러라. 동산을 벗어나면 너희는 악에 휩쓸린다. 악은 너희들 정신에 검은 낙인을 찍을 것이고 너희들은 악에서 벗어날 수 없게 될 것이다. 악과 함께 살아가야 하는 비참함을 너희들은 알아야 한다. 남자와 여자가 물었다. 도대체 저희들이 무슨 악을 저지르고 있다는 말씀입니까? 하느님이 말했다. 악이란 너희들이 나의 뜻에 반해서 하는 생각 전부다. 남자와 여자가 항의했다. 어떻게 그럴 수 있습니까? 우린 말하고 그림을 그리고 노래하고 춤출 수 있습니다. 그 모든 행동과 생각을 일일이 당신에게 허락받아야 한단 말입니까? 아니다. 그런 선한 행동은 허락받을 이유가 없다. 그러나 너희들은 선한 행동과 생각 속에서 자라나는 악한 행동과 생각을 조심해야 한다. 이 동산을 벗어나지 마라. 동산은 악에서 너희들을 보호할 힘을 지니고 있다.

　남자가 활을 만들어 동산에 사는 사슴을 사냥했다. 하느님이 남자에게 말했다. 사슴을 사냥하지 마라. 동산에는 너희가 먹을 과일과 버섯과 젖이 넘쳐난다. 무엇이 부족하느냐. 사슴이 화살에 맞아 울부짖는 소리가 하늘까지 들리는구나. 남자는 화가 났으나 꾹 참고 물러났다. 이번에는 남자가 올가미를 만들어 사슴을 사냥했다. 하느님이 남자에게 말했다. 올가미를 쓰지 마라. 올가미에 걸린 아기 사슴의 비명이 하늘까지 들리는구나. 동산에는 너희 둘이 다 먹지 못할 만큼 맛난 과실이 있지 않으냐. 남자는 또 구덩이를 파고 위에 나뭇가지와 흙을 덮어 함정을 만들었다. 사슴이 함정에 빠져 다리가 부러진 채로 사로잡혔다. 하느님이 남자에게 말했다. 함정을 만들지 마라. 다리가 부러진 사슴의 울음 때문에 잠을 자지 못하겠구나.

남자는 여자에게 말했다. 하느님은 우리가 하는 일을 사사건건 방해한다. 우리가 힘이 세지고 강해질수록 하느님은 우리를 두려워하게 될 것이다. 끝내는 우리를 죽이려 들 것이다. 우리보다 앞서 창조한 인간도 번개에 맞고 동굴이 무너져 죽었다고 한다. 우리가 선수를 쳐야 한다. 여자는 남자의 말에 동의하고 힘을 합치기로 약속했다.

하느님이 동산에 들렀을 때 남자가 하느님의 등 뒤에서 활을 쏘았다. 하느님이 화살을 맞고 쓰러지자 여자가 달려가 칼로 하느님의 목을 베었다. 남자와 여자는 하느님의 목을 구덩이에 던지고 동산 밖으로 떠났다. 남자와 여자는 하느님이 말한 악이 뭔지를 깨달았다. 그들은 악한 생각에 따라 악하게 행동했다. 그러나 두렵지 않았다. 남자와 여자는 말했다. 어떤 인간이라도 이렇게 할 수밖에 없었을 거야. 우리가 처음이지만 그건 우리가 일찍 창조되었기 때문이야. 우리 뒤로 우리보다 더 악한 사람들이 줄을 이어 나타나겠지. 수만 명, 수십만 명을 단번에 죽이는 절대 악도 탄생할 거야. 거기에 비하면 우리의 악은 작고 소박하다니까. 우린 괴로워할 이유가 없어.

잠시 쉬려고 펜을 놓으니 허문비의 모습이 떠오른다. 쓰러진 나를 내려다보는 허문비의 시선은 내가 나의 희생자를 바라보는 시선과 닮았다. 내가 어쩌다 맑은 날 길바닥에 엎드린 지렁이 같은 꼴이 되었나. 분노가 몸을 한 바퀴 돌았다. 허문비를 내 거미줄에 가두는 작업을 시작해야 한다. 하나하나 챙겨야 한다. 거미줄에 칭칭 동여매고 마음껏 음미하고 경멸할 테다. 그게 내 삶의 동력이 되고 있다. 기다려라. 내 솜씨는 녹슬지 않았으니.

허문비는 연립주택의 오층에 살았다. 오층짜리 연립주택 여덟 개 동이 모여 있는 곳이었다. 나는 셋집을 구한다고 말하고 부동산중개사를 따라 연립주택으로 들어갔다. 작은 방 두 개에 거실과 부엌이 붙은 구조였다. 다른 구조는 없는지 물었다. 중개사는 건축업자가 지어서 판 연립주택으로 구조가 모두 똑같다고 말했다. 세가 더 싼 건 없냐고 묻자 괜찮은 가격이라며 가까운 곳에 이보다 싼 집은 없다고 말했다. 마음 있으면 빨리 잡아야 할 겁니다. 근처에 대학이 있어 학생들이 많이 찾으니까요. 나는 말했다. 제가 안 좋은 경험이 있어 그런데요, 부근에서 범죄가 일어난 적은 없나요? 절도 그런 거 말인가요. 여기는 우범지역과 거리가 멉니다. 들어오는 길이 하나뿐인데, 파출소에서 순찰도 자주 돌아요. 가로등도 밝고 밤늦게까지 여는 가게도 있어요.

초저녁 무렵 연립주택을 찾았다. 모자를 쓰고 뒤집어서도 입을 수 있는 점퍼를 챙겼다. 두 동씩 4열로 나란히 선 연립주택의 끝은 철망으로 막힌 아파트 단지였다. 연립주택과 아파트 단지 사이 경고문이 붙은 철망을 따라 남천, 목련, 팥배나무가 서 있었다. 연립주택 입구에는 감시카메라가 전봇대 두 곳에 붙어 있었다.

허문비가 커피를 마시러 오라고 했던 게 생각났다. 소명준과 함께 오라는 초대였다. 소명준에게 산미가 있는 커피를 좋아하는지도 물었던 것 같다. 그때 가서 연립주택 내부를 잘 살펴둘 걸 그랬다. 옥상에서 줄을 타고 베란다로 들어가는 방법을 생각했다. 불안이 스멀스멀 피어올랐다. 화성의 캄캄한 들판은 내가 선택한 장소였다. 넓고 사방이 열려 있던 그곳과 달리 여기는 좁고 폐쇄된 밀실과 같은 곳이었다. 허문비를 사로잡을 기대감으로 불안을 밀어냈다.

옥상에서 줄을 타고 내려가 베란다 창문을 살그머니 옆으로 밀었다. 창문이 소리 없이 열렸다. 마음속 경계를 한 단계 올리고 창문턱에 발을 디뎠다. 안쪽 이중 창문을 밀었다. 다행히 걸쇠가 걸려 있지는 않았다. 조용히 바닥으로 내려갔다. 조심스레 주변을 살폈다. 헤드 랜턴 불빛에 황갈색 마루의 형체가 보였다. 조심스럽게 첫발을 옮겼다. 몇 발짝 걸었을까, 발목에 뭐가 걸리는 듯했다. 아차 하는 순간 발목이 조여왔다. 마루와 색이 같아 눈에 잘 띄지 않는 황갈색 올무였다. 발을 잡아 빼려 하자 가는 철사를 꼬아 만든 올무는 복사뼈 위를 더 강하게 조여왔다. 안쪽에서 맑은 풍경 소리가 울렸다. 어떻게 해야 하나, 헤드 랜턴을 끄고 가만히 서 있었다. 방에서 나온 허문비가 느껴졌다. 목검을 어깨 높이로 쳐든 어렴풋한 형체가 눈에 들어왔다. 단단한 박달나무로 맞으면 뼈가 부러져요. 죽을지도 몰라요. 그녀가 장난기를 섞어 말하는 소리가 들리는 듯했다. 나는 헤드 랜턴을 벗어 바닥을 비췄다. 동그란 원이 마루에 불안하게 일렁거렸다.

허문비는 공격 자세를 흩트리지 않고 말했다.

랜턴을 내게 던져.

그녀는 랜턴을 집어 든 뒤 빛을 최대로 높여 내 얼굴을 똑바로 비췄다.

커피 마시기에 적당한 시간은 아닌 것 같은데.

나는 손으로 쏟아지는 빛을 가리며 말했다.

그런 것 같네.

그건 아니지. 왜 왔어.

……

솔직하게 말해.

나는 조용히 있었다.

허문비는 거실 소파로 가서 뭔가를 조작했다. 올무에 연결된 내 다리는 서서히 끌려 올라갔다. 속절없이 끌려가 실내 자전거 손잡이에 발이 닿을 때쯤 모터 소리는 멈추었다. 한쪽 발로 바닥을 디디고 몸의 균형을 잡으려 힘을 주었다. 올무에 걸린 발이 점점 저려왔다.

허문비가 입을 열었다. 가게 할머니가 고맙게도 미리 주의를 줬어. 낯선 사람이 주변을 어슬렁거린다고. 덕분에 준비하고 있었지.

촬영을 일찍 마친 날, 허문비가 사는 동네로 갔다. 연립주택 출입구 가까이에 작은 가게가 있었다. 카운터의 낡은 의자에 할머니가 앉아 있었다. 할머니는 텔레비전을 켜둔 채 창밖을 지켜보고 있었다. 가게에 들어서자 할머니는 느긋한 얼굴로 어서 오라며 반갑게 맞아줬다. 은회색 머리칼에 동그란 안경을 낀 온화한 인상이었다. 맥주와 안주를 사서 계산대로 갔다. 할머니는 이 근처에 사는지 물었다. 나는 아니라고 대답했다. 할머니가 검은 비닐봉지에 담아주는 맥주와 안주를 들고 가게를 나왔다.

다음날은 오후에 길을 나섰다. 버스 정류장에 내려 곧장 허문비가 사는 연립주택으로 갔다. 경비실이 따로 없어서 아무런 저지 없이 3-4호 라인 입구에 들어섰다. 계단 놋쇠는 말끔하게 닦여 있었다. 천천히 계단을 올라갔다. 503호의 현관문을 거쳐 한 층을 더 올라갔다. 옥상으로 향한 문의 손잡이를 돌려보니 살며시 열렸다. 옥상을 둘러보고 밧줄을 묶을 곳을 찾아두었다. 할머니 가게에 다시 들렀다. 물건을 사면서 동네가 안전한지 물었다. 여기는 조용하고 깨끗한 동네야. 할머니는 내게 이 동네에 집을 구하는지 물었다. 그렇다고 대답하면 질문이 이어질 것만 같은 느낌이었다. 아뇨, 친구가 이사하려고 해서요. 친구라면 여자 친구겠네. 저기 연립주택도 살기 좋아. 엘리베이터가 없어서 흠이지. 택배 배달 오는 사람들이 질색을 해. 나는 더 이상 아무 말도 하지 않았다. 두 번 더 연립주택을 찾아갔다. 나는 몰랐다. 할머니가 나를 유심하게 관찰하고 있었다는 사실을. 할머니는 부동산 아주머니에게서 내가 집을 구하려 한다는 정보를 챙겼는지도 모른다. 네번째 찾아갔을 때는 가게에 들르지 않았다. 그때도 역시 할머니의 시선에 포착되었을 것이다.

허문비가 말했다.

발이 괴사하는 데 얼마나 걸릴까. 요즘은 의족이 좋아서 발목을 잘라도 불편하지는 않겠지.

올무에 걸린 발의 통증이 심해지고 있었다. 온몸의 땀구멍이 열려서 진액을 한 방울 한 방울씩 짜내는 것 같았다. 악다문 입술 틈으로 나도 모르게 신음 소리가 새어 나왔다.

나는 숨기지 않고 말했다.

강간하려고 했어.

허문비는 어느새 의자를 가져와 앉았다.

그걸로 끝이야? 죽이지는 않고.

죽이는 코스로도 갔을 거야.

허문비는 다리를 꼬며 물었다.

어떻게 죽이는데.

목을 졸라서.

허문비는 으흥 콧소리를 내며 말했다. 칼보다는 낫네. 거실과 방이 피바다로 변해봐. 살인 현장을 전문으로 청소하는 업체도 있다지만. 의자에 단정하게 앉은 허문비와 나누는 대화는 컬트 종교 집단의 입교식을 연상시켰다. 나는 컬트 종교를 다루는 영화의 엑스트라로 연기를 하고 있으며 감독이 곧 컷 소리를 외치며 일어설 것만 같았다. 아니다. 나는 엑스트라가 아니라 대사가 많은 조연 배우였다. 발목과 다리의 통증은 깊고 우릿하게 쑤시다가 사라지고는, 이 상황을 머릿속에 깊이 기억해야 한다는 경고처럼 다시 나타났다. 통증을 잊으려고 딴생각을 떠올렸다. 올무에 걸려든 게 남편일 수도 있지 않을까. 아내는 바람피운 남편을 벌하려고 올무를 준비해두었다. 영 마땅찮다. 궁전의 깊은 밀실에 후궁과 앉아 있는 호위병을 떠올려본다. 호위병인 나는 밀실에서 후궁의 허리를 안고 앉아 있다. 그윽한 향기가 밀실에 가득하다. 나는 후궁의 얼굴을 어루만지며 몸을 밀착한다. 후궁이 몸을 틀다가 내 발을 건드린다. 상상 속 발의 통증이 현실로 바뀌면서 나는 악 하는 신음을 냈다.

입과 목구멍이 바싹 말라 물을 마시고 싶었다. 갈증은 갑자기 나타나 그동안 어떻게 참았는지 모를 만큼 물 한 잔을 갈구하게 만들었다. 간절한 물 생각을 접고, 실내 자전거를 넘어뜨리며 허문비를 덮칠 거리를 계산했다. 세 걸음 반. 실내 자전거가 그리 무거워 보이지는 않았다. 에이치 형태의 자전거 하부 고정대를 단박에 넘어뜨릴 수 있을지 따져보았다. 다리가 굳고 뻣뻣한데다 후들거리기도 해서 단번에 치고 나갈 수 있을지 가늠할 수 없었다. 세 걸음 반 거리가 막막하게 멀었다. 내 마음을 읽었는지 허문비가 목검을 세워 잡고 한쪽 발을 뒤로 빼서 언제든지 공격할 태세로 전환했다. 허문비의 숨소리는 들리지 않고 내 거친 숨소리만 공간을 채웠다.

허문비가 말했다.

한쪽 발목의 가치가 얼마쯤 될까?

……

발목을 건지려면 뭘 내놓을 수 있을까?

허문비는 내가 뭔가를 내놓으면 받을 것처럼 팔을 벌려 보였다. 뭘 내놓을 수 있을까. 돈은 아무래도 아닌 것 같았다. 그러나 달리 내놓을 만한 게 떠오르지는 않았다.

나는 말했다.

돈이라면……

돈? 얼마면 발목 값일까?

내가 묻고 싶은 말이었다. 허문비는 적당한 금액을 따져보는 것처럼 눈썹을 모았다가 이내 무덤덤한 얼굴로 돌아갔다.

허문비가 말했다.

돈은 너무 평범하지 않아? 지금 상황에 어울리는 특별한 뭐가 없을까?

허문비는 잠시 생각하더니 좋은 구상이 떠오른 듯 표정이 밝아졌다.

한쪽 발목과 바꿀 비밀을 얘기해봐.

이 여자도 엉뚱한 면이 있었다. 여기가 『아라비안 나이트』의 이야기를 수집하는 방인가 생각하면서도 나는 한쪽 발로 더는 지탱할 수 없다는 압박감에 시달렸다. 내가 처참한 모습으로 바닥에 나동그라지면 허문비는 모터를 더 돌려 끝장을 볼 것이다. 나는 헉헉대며 말했다.

비밀이라면 어떤 비밀?

허문비는 낮은 목소리로 말했다. 눈앞에 카메라가 있다고 생각해. 누구에게도 말 못할 비밀을 진솔하게 고백하는 거야. 일생일대의 다큐를 찍는다, 이 말이야.

비밀을 얘기하면?

발목을 건질 수도 있겠지.

온몸에서 땀 냄새가 진동하는 가운데 나는 허문비라는 다큐 감독을 만족시킬 깊고 컴컴한 우물을 내보여야 했다. 감독은 내가 말하는 비밀이 발목과 바꿀 가치가 있는지 심판할 것이다. 나는 지금의 상황이 컬트 영화의 시작 장면 같다는 생각을 하면서 입을 열었다.

나는 어린 시절 알통에게 당했던 폭행에서 시작했다. 폭행은 발가벗긴 채로 진행되었는데 착착 감겨들 듯 고통을 쌓아가는 매질이었다. 허문비가 호기심이 담긴 목소리로 물었다. 그래서, 어떻게 되었다는 거야? 나는 누구에게도 말하지 않은 그 후의 얘기를 이어나갔다. 나는 소년 시절의 상처에 관해 뭔가를 호소하고 싶었는지도 몰랐다.

중학교 2학년 여름에 알통은 사라졌다. 태풍으로 가로

수가 뽑혀 나가고 부서진 간판이 거리를 굴러다닌 밤의 다음 날이었다. 밤새 술집 문 앞에 내린 셔터가 덜거덕거리고 바람이 허공을 찢는 소리가 윙윙 울렸다. 짧은 시간에 굉음과 함께 번개가 연달아 내리쳐 나는 이불 속에서 숨을 죽였다. 아침에 정강이까지 잠기는 물이 큰길 중앙으로 소용돌이쳐 내려가는 모습을 지켜봤다. 큰길 양쪽에 있는 배수구에서는 진흙탕 물이 역류해서 부글부글 올라왔다. 물은 엄청난 기세로 아래로만 좍좍 밀려갔다. 길에는 오가는 사람이 없어서 큰물은 자신만의 세상을 구가하고 있었다. 라디오에서 집이 떠내려가고 논밭이 물에 잠겼다는 뉴스가 흘러나왔지만, 어느새 시커먼 먹구름은 꼬리를 감추며 하늘에서 물러갔고 해는 구름에 가렸던 시간까지 더 보태 뜨겁게 내리쬐었다. 큰물과 함께 알통이 사라지자 어머니와 아줌마는 알통이 처음부터 존재하지 않았던 사람처럼 손님을 대하고 가게를 운영했다.

알통이 사라지면서 내 분노는 어머니를 향했다. 나는 어머니와 알통에게 머리를 조아리며 근근이 목숨을 이어온 셈이었다. 알통은 사라졌지만 어머니는 건재했고 더 단단해졌다. 어머니가 나이 들면서 단골손님들의 연령대도 올라갔다. 공씨 아줌마가 그만두고 어머니와 나이가 비슷한 남씨 아줌마가 들어왔다. 어머니는 노련하고 원숙하게 남자들을 다뤘다. 손님들과 무람없이 농담을 주고받는가 하면 매몰차게 등을 돌리기도 했다. 어머니는 아직도 예뻤고 농염함도 엿보였다. 시간이 흐를수록 나는 알통에게 발가벗긴 채 맞은 일이 내 마음에 얼어붙은 빙판으로 존재함을 깨달았다. 내가 발을 잘못 디디기라도 하면 빙판은 갈라져서 나는 얼음 밑으로 빨려 들어갈 터였다. 어머니는 알통에게서 나를 지키지 못했다. 나는 어머니가 알통에게 복종하기 위해 아들을 내쳤고 심지어 제물로 바쳤다고까지 단정했다.

어머니는 사라진 알통에 대해 한마디 말도 입에 올리지 않았다. 알통은 어머니를 때리고 격렬하게 관계를 가진 다음에 쓰러져 있는 어머니 옆에서 기도를 올렸다. 표지가 붉은 성경을 카키색 가방에서 꺼내 몇 줄을 간절하게 웅얼거리고 책을 덮었다. 기도 소리는 알통의 몸집과 행동에 맞지 않게 낮고 순했고 겸손했다. 폭행과 섹스와 기도, 어울리지 않는 화차 세 대는 같은 궤도를 덜컹거리며 달렸다. 카키색 가방에서 알통이 믿는 종교 단체의 광고지를 본 적이 있다. 초등학생에게는 어려운, 종말과 구원이라는 단어가 기억에 남아 있다. 광고지에 따르면 종말은 이미 집 문 앞에까지 도착해 있었다. 지금 마지막으로 살릴 사람을 골라서 방주에 태우는 작업을 하는지도 몰랐다. 알통이 단출한 가방만을 들고 다니는 것도, 겁 없이 사람을 폭행할 수 있는 이유도 언제든지 방주에 탈 수 있기 때문인지 몰랐다. 무릎을 꿇고 기도하는 알통의 모습은 낯설고 괴이했다. 알통이 이기지 못할 사람이란 없어 보였고, 그가 누구를 향해 머리를 숙이는 모습은 상상이 되지 않았다. 종말이 오면 살아남을 사람은 많지 않았다. 태풍이 덮치고 폭우가 도시를 쓸고 가기 전에 알통은 큰 소리로 기도를 했다. 얼마 전까지 어머니 등 뒤에 붙어 머리채를 한 손으로 휘어잡고 엉덩이를 거칠게 움직이던 것과는 딴판인 간절한 모습이었다. 바로 다가올 종말에서 자신을 구해달라는 호소였다. 나를 압도하고, 어머니를 압도하고, 술집에 오는 손님들이 마주치기 꺼리는 알통이 신을 향해 머리를 조아렸다. 신이 현실의 알통보다 더 힘이 세다는 건 놀라운 발견이었지만, 그래도 알통과 함께 지내면 우리 가족은 선택받을 수 있을지 궁금했다.

나는 어머니를 괴롭히고 난폭한 짓을 하는 남자 손님들을 어른이 되면 응징하겠다고 마음먹었다. 그런 손님을 고르는 기준은 단순했다. 어머니와 아줌마가 손님이 가고 나서 얼마나 욕설을 퍼붓는지 보면 알 수 있었다. 때로는 그 기준이 혼란스럽기도 했다. 급살을 맞는다거나, 왕소금보다 짠 놈이라는 욕이 이어지고 침을 뱉을 때도 있었지만 그 손님이 다음에 찾아오면 웃음과 함께 어디 갔다가 이제 왔어요, 얼굴을 못 봐서 죽는 줄 알았다니까, 라는 간드러진 말을 내놓기도 했다. 그런 장면을 목격하면서 나는 어른들의 모순된 언어에 혼란에 빠졌고, 어른이 되는 길은 이상하게도 멀게만 느껴졌다. 달력이 바뀌면 자연스럽게 얻는 나이로는 어른이 될 수 없을 것 같았다.

나는 알통의 자리를 차지하고 싶었다. 꿈에서 나는 매로 위협하며 여자의 옷을 벗겼다. 엎드린 여자의 얼굴은 보이지 않았다. 나의 매질이 계속될수록 여자의 몸은 점점 작아졌다. 알통이 그랬던 것처럼 나는 엎드린 여자의 머리채를 붙잡았지만 얼굴을 억지로 내 쪽으로 돌리지는 않았다. 여자의 얼굴이 어머니거나 공씨 아줌마 혹은 남씨 아줌마 모습으로 나타날까 두려웠다. 잘 휘어지고 매운 회초리로 등과 엉덩이를 후려치는 상상은 꿈에서 나타나지 않았다. 알통은 내 꿈을 비켜갔지만 현실에서도 알통을 벌주는 상상을 하면 고장 난 텔레비전처럼 지직대는 영상이 눈앞을 가렸다. 영상은 잡음을 내며 회색 점과 흰 들리는 줄을 보여주다가 갑자기 툭 밝아지며 구렁이나 더 듬이가 긴 갑충의 모습을 보여줬다. 그러면 나는 화면을 끄기 위해 안간힘을 쓰면서 다시는 알통을 떠올리지 않겠다고 다짐했다.

고등학교를 마치자 나는 뒤돌아보지 않고 어머니를 떠났다. 지원해서 군대를 가겠다고 하니 어머니는 아무런 말을 하지 않았다. 입대 날짜가 다가와도 어머니는 여느 때와 다름없이 나를 대했다. 어머니는 술집을 정리하고 작은 단층 건물을 사서 식당을 하고 있었다. 일하는 사람을 두 명 썼고, 힘든 일에서 놓여난 어머니는 몸이 불었다.

나는 결심했다. 이번에 떠나면 다시 돌아오지 않는다. 어머니는 입대 전날 중국집에서 짜장면과 탕수육을 사줬다. 중국집은 미닫이 출입문이 덜컥대었고 내 자리 뒤로 망에 든 양파와 밀가루 포대가 쌓여 있었다. 천장에 달린 선풍기가 한가롭게 돌아갔고 파리가 소스가 묻은 탁자를 맛보면서 잰걸음을 옮겼다. 어머니는 내게 제대하면 뭘 할 생각인지 묻지 않았다. 군대 가는 네가 자랑스럽다든지, 군대에서 고생할 걸 염려하는 말도 없었다. 아들을 군대로 보내는 식사 자리에서 이 집의 탕수육이 맛있고 짜장면 매출만으로도 중국집을 충분히 꾸려간다는 한가한 얘기를 했다. 짜장면에 든 돼지고기와 양파는 불 맛이 잘 배어 있었다. 부추가 올라간 탕수육은 쫄깃했고 소스는 적당하게 달고 짭짤했다. 탕수육을 씹으면서 어머니는 내가 떠나기를 기다린 게 아닐까 하는 생각이 문득 들었다. 제대하고 집으로 돌아가면 어머니가 왜 왔는지 영문을 모르겠다는 얼굴로 나를 쫓아낼지 모른다는 의구심이 솟구쳤다. 어머니의 마음은 흐린 물처럼 읽을 수 없었고 표정에서는 온기를 찾기 어려웠다. 어머니의 마음부터 시작해서 내게 인생은 의문이 이어지는 거대한 수수께끼였다.

허문비는 한 마디도 끊지 않고 듣더니 그보다 더 깊은 진짜 비밀을 주문했다. 아쉽네. 어린 시절의 학대 이야기로는 발목과 바꾸기에 약하지. 그렇지 않아? 지치고 정신이 혼미해진 나는 내 앞에 놓인 가상의 카메라를 향해 인생에서 가장 어두운 고백을 하고 싶다는 욕구에 떠밀렸다. 모든 것을 낱낱이 있는 그대로 담아내는 진짜 카메라 앞이라면 숨김없이 말하고 싶었을까. 진짜 카메라가 아니라 가상의 카메라이기에 진실을 고백하고 싶은 마음이 들었는지도 모른다.

나는 무언가에 떠밀리듯 17년 전 10월의 캄캄한 밤에 벌어진, 봉인된 사건의 문을 열기 시작했다. 그날로 돌아가는 기억을 누르자 갑자기 과거가 뼈와 살을 갖추고 옷과 신발을 챙기고서 선명하게 내 눈앞에서 영사되기 시작했다. 나는 너무나 선명한 흑백의 모습으로 나타난 장면을 돌아가는 그대로 들려줬다. 영상에는 깊은 밤의 바람과 논둑의 푸석한 냄새까지 배여 있었다. 마치 내가 그날 현장에 촬영기사로 참가해서 사건을 찍은 것 같았다. 내 기억 어디에, 내 몸속 어디에 그날의 추수가 끝난 벼 그루터기와 하얗게 밀려가는 바람과 재갈을 물린 여자의 입술 사이로 새어나오는 저주가 오롯이 담겨 있었는지 모를 일이었다. 영상이 조금씩 빨리 돌아가면서 절정을 향해 치달아갔다. 나는 신들린 듯 장면 장면을 하나도 남김없이 이야기했다.

나는 허문비의 집이 아니라 그날 밤 바람 부는 들판 농로에 서 있었다. 나는 가상의 카메라에게 실토했고 동시에 허문비에게 고백했다. 나는 지금껏 누군가에게 고백할 기회를 기다렸는지도 모른다. 악의 무게는 천근만근 무거워 나를 짓눌렀다. 악은 선을 알지만 선은 무거운 무쇠 덩어리를 단 악을 모른다. 나는 아무도 없는 대밭에서 고백하고 싶었고, 고갯길에 서 있는 장승에게 내 비밀을 털어놓고 싶었다. 내 가슴에서 자라는 비밀은 가슴을 찢고 피를 뚝뚝 흘리며 기어 나오고 싶어했다. 나는 과거를 잊고 과거를 묻어버리고 싶었으나 과거는 지나가지도 않았고 묻히지도 않았으며 기회가 되면 자신을 드러내고 싶어 안달이었다.

허문비는 아무 말이 없었다. 지금 얘기하는 게 당신이 쓰고 있는 시나리오 아니냐며 물을 법도 했는데 말이다. 그녀의 엄숙한 표정에서는 아무런 감정도 읽을 수 없었다. 그녀는 군사 법정에서 전범의 진술을 듣는 재판관이었고, 고해대에서 신자가 고해하는 죄를 듣는 신부였으며, 임종의 환자가 인생의 잘못을 참회하는 가냘픈 소리를 듣는 승려였다. 나는 알통과 어머니를 괴롭힌 남자들을 죽일 생각을 키워왔지만 정작은 화성의 논두렁과 풀숲 어둠에서 여자들만 공격했다. 남자들을 공격한다는 생각은 나도 모르게 제동이 걸렸다. 나는 가끔 죽은 여자들을 위해 기도했다. 난 그렇게 악한 인간은 아니다. 어쩔 수 없이 늪에 발을 디뎠고 진흙이 달라붙은 신발을 빨리 벗지 못했을 뿐이다. 나는 신의 정의로부터 멀리 떨어져 살았지만 내 잘못만은 아니다.. 태초부터 인간과 신의 거리는 멀었다. 인간은 신을 증오했고, 신을 죽이고 신으로부터 벗어나기 위해 조바심쳐왔다.

그녀는 본능적으로 내 고백이 진실임을 알았을까. 나를 과거의 죄악을 솔직하게 털어놓는 참회자로 보았을까. 아니면 당장의 고통에서 벗어나려고 거짓말을 지어내는 인간으로 생각했을까?

허문비는 티슈를 한 장 뽑아 입을 훔치더니 아무렇게나 던져버렸다. 나는 그녀의 추궁을 기다렸다. 내 이야기가 거짓이 아니라고 다시 한번 힘주어 말해야 할까. 나는 한때 죽음의 밤을 지배했으며 지금의 초라한 몰골은 그 밤의 모습을 가리는 허상이라고 밝혀야 할까. 허문비는 말없이 내 눈을 바라보고만 있다. 허문비의 눈빛이 내 생살을 태우는 것만 같아 고통스러웠다. 나는 그녀의 눈을 마주 보며 눈빛 뒤에 감춰진 생각을 읽어내려 했지만 공허만 느껴졌다. 손을 깊게 넣어 휘저어도 짙은 어둠만이 겹겹이 쌓여 있을 뿐이었다. 허문비에게 내 이야기가 적어도 발목 하나의 가치는 있음이 증명된 것일까. 허문비는 아무 말 없이 나를 풀어주었다. 매달린 다리의 고관절이 탈이 났는지 나는 제대로 서지 못하고 쿵 넘어졌다. 비틀비틀 깨금발로 일어선 나는 살아서 그 집을 나왔다. 발목이 잘리지도 않았다.

한쪽 다리를 질질 끌다시피 하며 집으로 돌아오는 길은 어둡고 멀었다. 자리에 누워 천장의 회색 벽지를 봤다. 벽지의 무늬가 꼬리를 물며 의문을 키웠다. 그녀는 왜 나를 풀어줬을까? 무술을 배운 사람으로서 자신이 내게 한 약속을 지켜서일까. 그럴 리가 없었다. 그녀도 나 못지않게 깊은 어둠을 갖고 있는 것처럼 보였다. 악의 원류에서 흩어져 나온 악의 지류. 악의 늪이기도 했다. 혹시 실수라도 해서 발을 디디면 빠져나올 수 없는 늪. 아무튼 내게는 맞혀야 할 과녁이 생겼다. 여태까지 나는 작은 악이었다면 이제는 확고한 악이 되어야 할 것이다. 악을 완성한 후에 영화판을 떠나 새로운 길로 나설 것이다.

이틀 사이에 다리는 많이 풀렸다. 목욕탕에 가서 온수에 하반신을 담그고 있었고 한의원에서 침을 맞기도 했다. 파스를 붙인 발목 인대와 발뒤꿈치 통증도 누그러졌다. 며칠 더 지나자 쿵쿵 뛰어도 불편하지 않았다.

아는 조감독에게서 전화가 왔다.

요즘 어떻게 지내요.

그럭저럭요.

보스를 지키는 행동대장 역할이 나왔는데 해볼래요. 전에 무술을 배운다고 들었는데……

행동대장이라면, 꽤 비중 있는 역 아닌가요?

맡기 어렵나요?

그게 아니라 갑작스레 급이 오르는 것 같아서요.

영화판에서 자주 있는 일이에요.

그래도…… 누가 나오나요?

스타 배우가 출연하지는 않고요. 제작비가 많지 않아서.

원래 제 역에 내정된 배우가 없었어요?

출연하기로 한 배우가 교통사고로 입원했다고 들었어요.

감독은 오디션을 보더니 나를 바로 출연자로 결정했다. 감독이 유명하지도 않고, 투자를 많이 받거나 언론이 주목하는 영화도 아니다. 그러나 그런 영화가 예상치 않게 히트 칠 수도 있다. 영화와 배우의 운명은 알 수 없어서 때로는 바닥을 기기도 하고, 때로는 모두가 찬탄하는 무지개로 변하기도 한다. 소명준이 기다렸던 뜻하지 않은 기회가 온 것일까. 내가 영화판을 떠나겠다고 마음먹자 기회의 신이 나를 돌려세우겠다고 마음먹은 것일까.

시나리오엔 '죽을힘을 다해 싸운다'로만 적혀 있다. 누가 이기고 지는지조차 정해져 있지 않다. 장소는 쇠락해가는 공단의 외지고 컴컴한 건물 앞이다. 한겨울의 늦은 밤 건물 안에는 내가 모시는 보스가 있다. 상대 행동대장이 건물 앞으로 걸어와 정면 승부를 건다. 찬바람이 부는 건물 앞에는 우리 둘만 있다. 우리는 적의를 담은 대사 몇 마디를 던지고는 바로 결투로 들어간다.

조명차가 진한 조명을 띄운다. 비 오는 밤의 결투다. 살수차가 허늘에서 기칠고 차가운 비를 뿌리는 사이 상대가 내게 먼저 공격을 해온다. 상대가 무슨 무술을 하는지는 모른다. 나는 촬영을 기다리면서 무에타이 동작을 배웠으며 무술감독에게 트레이닝도 받았다. 비장하고 처절하며 승부를 알 수 없는 싸움이 콘셉트다. 이 장면이 어떤 식으로 편집될지는 모른다. 감독은 촬영본의 운명을 좌지우지하는 전능한 신이다. 필요하다고 생각하면 많은 분량을 넣을 것이고, 그렇지 않다면 통으로 사라져버릴지도 모른다. 그런 영화 미학까지 내가 고민할 건 없다. 나는 최선을 다해 시나리오에서 지시하는 대로 죽을힘을 다해 싸울 뿐이다. 그게 이번 시나리오가 정한 내 운명인 것이다.

상대 행동대장은 여자였다. 젊은 여자는 단단한 몸매에 무엇보다 유연해 보였다. 긴 머리를 질끈 묶고 결연한 눈빛으로 다가왔다. 빌어먹을 허문비였다. 카메라 앞에 선 허문비는 평소와 전혀 달라 보였다. 액체도 아니고 고체도 아닌, 둘이 섞인 모습이라고나 할까. 이런 일이 처음은 아니었다. 조명과 카메라와 세트가 갖춰지면 배우는 확 달라졌다. 인간 내면에 감춰진 수많은 면 중 전혀 예상치 못한 모습이 툭툭 어깨를 펴며 나타났다. 그녀는 투명하고 맑은 눈으로 나를 꿰뚫어 보았다. 아무런 말이 없다. 이렇게 만나다니 반가워요. 우리 서로 잘해봅시다. 나도 이런 인사는 필요 없다. 장차 허문비를 묶을 거미줄에 바치는 예행 연습이라고 생각해두자.

허문비가 뚜벅뚜벅 내 앞으로 걸어온다. 나는 허문비를 막아서고 고개를 옆으로 꺾어 떠나라는 표시를 한다. 허문비는 한 발 더 앞으로 다가와 내 행동반경을 침범한다. 내가 주먹을 날리자 허문비는 옆으로 반 발짝 움직이며 피하더니 팔을 잡아 꺾으며 내 몸을 공중으로 띄워 쾅 소리 내며 눕힌다. 특수 재질의 바닥이라 충격은 크지 않다. 나는 발로 그녀의 몸을 걷어차며 일어난다. 첫 겨룸부터 실전이었다. 이건 연기가 아니었다.

나는 그녀의 주위를 원을 그리며 돌면서 영화 제작판에 그녀의 친구가 있다는 사실을 떠올렸다. 그녀가 제작사에 나를 추천해서 조역 배우로 쓰게 한 것이 아닐까. 치열한 결투 장면이 들어 있는, 그다지 유명하지 않은 감독에, 그다지 많지 않은 제작비에, 스타 배우가 출연하지 않아 흥행에 부담이 덜한 영화였다. 나는 숨을 깊이 들이쉬었다. 지금이라도 여기서 도망갈 수 있다. 하지만 나는 결코 도망가지 않을 것이다. 나는 배우고, 여긴 내가 사수해야 할 촬영장이다.

허문비는 주먹을 내 얼굴로 향하는 것과 동시에 로 킥을 날려 내 하체를 허물려고 한다. 레일을 따라 카메라가 한 번 왕복한다. 크레인에 단 카메라가 내려왔다가 뒤로 빠진다. 카메라는 모든 움직임을 섬세하게 잡아낸다. 허문비의 예리하고 강렬한 타격에 놀란 내 마음도 그대로 포착했을까. 화면에 패배를 예감하는 쓰디쓴 표정이 클로즈업으로 실릴지도 모른다. 감독은 이런 걸 노렸는지도 모른다. 나는 돌려차기로 공격하고 주먹을 날린다. 그녀는 이리저리 피하면서 손등으로 옆구리를 깎아 친다. 윽, 숨이 막히며 나는 주춤한다. 놀이터에서 맞았던 옆구리 그곳이다. 그녀는 획 돌아서며 팔꿈치로 가슴을 강타한다. 나는 혀 안쪽에 머금고 있던 인조 피를 내뱉는데, 실제로도 울컥하고 속에서 뭔가가 올라오는 느낌이다. 나는 건물 벽에 기대 있던 각목을 들어 허문비를 후려친다. 그녀는 몸을 피하더니 역시 바닥에 놓인 각목을 하나 집어 들고 내 공격을 막으며 옆으로 찌르고 들어온다. 각목이 맞부딪치며 뚝뚝 소리가 난다. 허문비가 휘두른 각목은 액션 촬영 현장에서 쓰는 특수 제작 물품이 아니었다. 맞으면 바로 뼈가 부러지고 갈비뼈가 내려앉고 광대뼈가 함몰되는 진짜 단단한 각목이다. 이건 약속된 플레이가 아니다. 그녀는 살의에 차 있다. 내 고백이 마땅히 치러야 할 대가를 요구하고 있다. 나는 허문비를 죽이지는 않을 것이다. 내 그물로 묶을 그날을 위해 부상을 입히는 정도면 된다. 연기지만 연기가 아닌 것이다. 살수차에서 뿌리는 빗살이 거세졌다. 바람이 치자 빗줄기가 날린다. 빗살 사이로 카메라와 감독이 흐리게 보인다. 비는 나를 땅에 묶으려는 것처럼 거칠게 내렸다. 나는 안다. 이 비가 가짜임을. 급수차에서 쏟아내는 싸구려 물임을. 하늘에서 유랑하며 떨어지는 진짜 비는 결코 오지 않을 것이다. 하지만 연기자는 이 비를 진짜라고 믿어야겠지.

허문비에게 한 고백이 떠오른다. 나는 고백했지만 완전한 고해를 하지는 못했다. 나는 화성의 도광수에 대해 말하지 않았다. 도광수를 술집에서 만났고, 그 후 내가 도광수를 추적해서 놈이 벌이는 범죄를 지켜본 사실을 빼먹었다. 도광수를 술집에서 만난 뒤로 놈을 떠올리면 나는 몸이 떨리고 구역질이 나고 팔에 소름이 올랐다. 그런데 아픈 상처를 쑤시면 이상한 쾌감이 생기듯이 나는 도광수를 떠올리고 놈의 살인을 상상하면서 점점 놈의 능력에 빠져들었다. 내가 해치운 두 건의 살인이야 놈에게는 아무것도 아닌 걸까. 나는 도광수에게 사로잡히고 조종당하는 느낌이 들어 견디기 힘들었다. 한번 놈의 살인을 지켜보면 이런 갈증이 가실 것 같았다. 놈을 따라가고 싶은 욕망이 솟구치면 나는 야간 당직을 서던 레미콘 공장 주위를 달리고 달렸다. 달리면서 나는 끝없이 따라오는 내 발소리를 듣고 마음을 진정시켰다. 술자리에서 들은 도광수의 이야기가 떠오른다.

내가 기갑부대에서 복무했거든. 내가 3기갑여단 맹호부대 전차장이었단 말이야. 기동 훈련장에서 진형을 펼치고 선두를 달리면서 포를 빵빵 때리면 온몸에 세게 진동이 오는 거야. 훈련장 야산 표적에 포연은 자욱하고 말이야. 우리가 전차 포를 먼저 쏘면 이쪽저쪽 탱크에서 포성이 마구 울려대. 훈련로를 이리저리 달리면서 탕탕 쏘는 기분은 최고야. 야간 사격 때는 번개를 쾅쾅 내리꽂는 마음이지. 이놈들아, 내 포 맛을 봐라. 납작 기어들지 않으면 번개 맛을 또 보여주겠다. 탱크라는 게 말이야. 우뚝 세운 포신이 불끈 선 남근을 닮았어. 그러니까 그 남근으로 쏘는 거야. 포를 쏠 때면 내 아랫도리도 뻣뻣하게 머리를 들고 일어서지. 탱크의 무한궤도가 정말 맘에 들어. 거대한 남근을 무한히 굴린다는 상상이 들어. 내가 군대 가기 전에는 내성적이고 자신감이 모자랐어. 그런데 탱크를 몰면서 내 물건을 그렇게 앞에 내세우고 언덕도 적군도 마구 뭉개고 지나가는 상상에 사로잡히니까 말이야. 물건이 시도 때도 없이 뻣뻣하게 서서 꼬떡대었다니까. 속옷에 살갗이 쓸려서 아플 정도였지.

나는 어느 날 밤 도광수의 뒤를 밟았다. 1987년 5월 초로 기억한다. 비 오는 밤이었다. 나는 태안읍 진안리 야산에서 놈을 지켜보았다. 여자는 누군가에게 전해줄 우산을 들고 있었다. 나는 놈이 브래지어와 블라우스로 목을 조르는 것을 보았다. 놈은 목을 조르다가는 잠시 손의 힘을 늦추면서 버둥대는 몸의 떨림을 음미했다. 그런 뒤 다시 조르기를 반복했다. 여자의 하얀 상체가 빗물 사이로 비쳤다. 촉촉한 봄비가 머리카락을 타고 내려 나는 자주 눈가를 훔쳐야 했다. 나는 나무 사이로 얼굴을 내밀어 놈의 살인을 멀리서 지켜보았다. 나는 흥분해서 몸을 떨었다. 그러다 놈과 눈이 마주쳤다. 놈이 씩 웃으면서 다시 여자의 목을 졸랐다. 아니다. 거리상으로도 그렇고, 비 내리는 밤에 놈이 나를 발견했을 리는 없다. 나는 현장을 벗어나서 비 내리는 흙에 대고 흥분과 구역이 섞인 토악질을 한다. 나는 도광수보다 착한 놈이다. 나는 놈처럼 끝없이 살인을 벌이지는 않는다. 나는 사흘 후에 화성을 떠났다. 화성에서 도광수의 범행을 목격하며 입맛을 다셨던 끔찍한 나 자신으로부터 벗어나고 싶었다. 나는 허문비에게 내 목격 사실을 숨겼다. 내가 화성의 도광수가 살인을 저지르는 현장을 목격했고, 놈으로부터 범행 이야기를 들었다는 것을 숨겼다. 나는 솔직하지 못했고 죄를 낱낱이 털어 고해하지 못했다. 하지만 허문비에게 내가 진실을 다 밝혀야 할 이유가 있을까? 어쩌면 허문비는 내가 말하지 않은 진실을 꿰뚫어 보고 있었는지도 모른다. 어쨌든 좋다. 지금은 승부를 내야 할 때다.

나와 허문비는 손에 각목을 쥔 채로 공격할 기회를 노리며 서로 반 바퀴를 돈다. 그리고 다시 한 바퀴를 돌았다. 내리는 비 사이로 조명등이 조금 더 푸르고 진해졌다. 나는 기합소리와 함께 각목을 휘두르며 허문비를 공격했다. 어깨를 후려쳤으나 빗맞았다. 이번에는 허문비가 내 왼쪽 어깨를 타격한다. 나는 비명을 지르며 한 발 물러섰다. 어깨를 잘 쓰지 못하면서 몸이 기우뚱해졌다. 나는 온

힘을 다해 다시 공격한다. 상대의 각목이 부러지면서 나는 기회를 잡았다. 그러나 허문비는 뒤로 물러섰다가 나를 향해 달려들면서 내 턱을 후려쳤다. 나는 각목을 놓치고 뒷걸음친다. 허문비는 사이드킥으로 내 다리 측면을 공격한다. 그러고는 스프링이 튀듯 유연하게 내 공격 거리 밖으로 빠져나간다. 나와 거리가 벌어지면 허문비는 무릎 탄력을 이용해 스피드를 올려 재빠르게 거리를 좁혀서 공격해 들어온다. 내가 발차기 공격 중 틈을 보이자, 허문비는 몸을 숙여 스윕킥으로 내 발꿈치를 쓸어 넘어뜨린다. 발꿈치 통증이 극심하다. 빌어먹을. 올무에 걸렸던 발목이다. 불현듯 허문비 뒤에 한 여자가 나타난다. 내가 화성에서 첫번째로 죽인 할머니였다. 머리를 올리고 긴 치마를 입은 첫번째 희생자는 조소를 머금고 나를 바라본다. 그러나 등 뒤에서 발소리만 냈던 유령 따위는 두렵지 않다. 또 한 번 더 죽여주면 된다.

감독은 카메라 뒤에서 감탄하며 현장을 바라보고 있다. 나는 생각했다. 감독은 나를 죽이려고 작정한 것일까. 허문비도 자신을 죽이려는 자는 알아본다고 했다. 허문비도 나를 죽이려 작심했다. 모두 나를 죽이려고 하고 있다. 허문비에게 맞아서 내 정신이 혼미해지고 있는 것인가? 아니다. 두번째 희생자가 허문비 뒤에 나타났다. 두 희생자는 허문비 뒤에서 흥미롭게 구경하고 있다. 두렵지는 않았다. 저건 허상에 불과하다. 검은 옷을 입고 떠오른 도광수가 희생자들 뒤에서 어슬렁거리며 쯧쯧 혀를 찬다. 배우 하나도 못 다루면서 무슨. 도광수는 안쓰러워 못 보겠다는 표정으로 몸을 돌렸다. 그는 기회를 더 주기 위해선지 빙글 돌아서 다시 나를 쳐다보더니 멀어져 점 하나로 사라진다. 희생자 둘은 이런 구경거리를 놓칠 수야 없지, 하는 얼굴로 꼼짝없이 나를 지켜보고 있다. 꼭 내 몰락을 바라는 것 같지는 않아 안심이다. 나를 죽이려 드는 허문비를 어떻게든 쓰러뜨려야 한다. 승부는 거짓말을 하지 않는다. 허문비와 나는 주먹을 쥐고 서로 한 바퀴를 돈다. 사위가 조용해졌다. 내 시야에는 그녀만이 들어온다. 감독과 카메라도, 푸른빛을 던지는 조명차와 검은빛 도는 건물도 사라지고 절대적인 침묵만 남았다. 나는 고요와 차가운 빗물과 조명 속에 녹아든다. 나는 주먹과 발로 공격하고 또 공격하나 허문비는 슬쩍슬쩍 비키며 물러서고, 내 공격 리듬이 흐트러지는 순간 내 복부에 발을 꽂아 넣는다. 이건 타격이 크다. 내 몸에서 피가 흐른다. 배와 어깨 쪽에 넣어둔 인조 피일까. 인조 피는 이미 바닥에 거무

죽죽 깔려 있다. 고인 빗물에 핏물이 섞이면서 기이한 무늬를 이루고 있었다. 화성에서 희생당한 이들의 유령이 계속 나타나더니 아홉번째에 이르렀다. 그들의 모습은 흔들리고 찌그러지기도 한다. 표정만은 모두 엄숙하다. 빌어먹을. 너희들은 도광수에게 죽었다니까. 왜 여기 나타난 거야. 난 너희들 얼굴도 모르니 나를 원망하지 말라고. 난 도광수보다 선한 사람이라니까. 유령들은 허문비 뒤에, 한 뼘쯤 공중에 뜬 채 반원형으로 둘러서 있다. 유령들이 노래를 부르기 시작하는데, 기이한 엇박자다. 노래는 허공을 떠돌다가 빗물에 섞여 내린다. 입에서 피가 흐르고, 콧속에도 피가 가득 찼는지 숨이 가쁘다. 무릎을 꿇어서는 안 된다. 무릎을 꿇는 순간, 저항의 불은 꺼진다.

나는 용기를 끌어모아 결의에 찬 웃음을 흘린다. 내 모습은 카메라에 어떻게 비칠까? 감독이 오른손을 높이 들어 집게손가락으로 앞을 가리킨다. 배우의 열연에 감동을 받았을 때 감독이 하는 제스처다. 나는 왼손으로 오른 손가락을 뚝뚝 소리 내며 꺾는다. 내 몸에서 차오르는 분노와 증오가 점점 힘을 받는다. 지금까지는 연기에서 실전으로 옮아갔다면, 이젠 피할 수 없는 실전이다. 어디선가 시계 소리가 들린다. 시계 소리가 귀에 쿵쿵 울리는데 갈

수록 시간이 느리게 흐른다. 허문비의 움직임이 느리게 연결되며 지나간다. 허문비는 빨간 바지를 입고 있다. 오래전 화성에서 비 오는 밤에 빨간 바지 여자 하나를 보내버렸지. 나는 내가 숨을 몰아쉬는 짐승으로 변하는 걸 느낀다. 뒷발로 땅을 차며 돌진할 준비를 마친다. 아무런 계산도 할 필요 없고, 공격의 궤적도 따질 이유가 없다. 지옥으로 가는 낭떠러지에서 먼저 허문비를 떨어뜨려야 한다. 야수에게는 이빨과 발톱 말고 다른 무기는 필요 없다.

허문비는 한 발을 앞으로 내밀고 오른손은 올려 방어 자세를 취하고 있다. 나는 돌진한다. 발과 주먹이 어지럽게 얽힌다. 몇 대 맞더라도 한 방의 결정타가 중요하다. 결정타를 턱이나 명치에 꽂아야 한다. 허문비의 눈동자가 풀리면 머리로 얼굴을 들이받으며 목의 급소를 공격하는 수순이다. 내 오른손 주먹이 허문비의 몸통 어딘가에 걸렸다. 드디어 잡았다. 그녀가 휘청하며 옆으로 돈다. 허문비는 아직 내 사정권 안에 있다. 결정적인 한 방이 필요하다. 나는 왼손 주먹을 힘껏 날렸지만, 허문비는 몸을 비키며 무릎을 솟구쳐 내 옆구리를 찍었다. 짧고 강렬한 몸놀림이다. 격렬한 통증이 콩팥과 장기로 퍼져나가고 나는 제대로 숨을 쉬지 못한다. 오른손이 나도 모르게 옆구리로 향하면서 방어 자세가 풀리자 이번에는 허문비가 주먹을 내 턱에 꽂아 넣는다. 이가 부서진다. 연이은 강타에 내 무릎이 풀린다. 허문비는 이제 마음껏 나를 공격한다. 나는 무너져 내린다. 카메라 두 대가 동시에 클로즈업으로 나를 잡고 있다. 안간힘을 써보지만 무릎은 더 이상 내 통제를 따르지 않는다. 왼쪽 무릎이 서서히 접힌다. 건물에서 나온 보스가 내게로 다가온다. 회색 양복을 입은 보스는 침통한 어조로 내 이름을 부른다. 무릎을 꿇은 나는 대답을 하려고 하지만 말이 되어 나오지 않는다.

몽롱한 의식 속으로 처음 대사를 받아 연기한 촬영이 떠올랐다. 경찰서에서 이 자식이 범인 맞는 것 같은데요, 라고 한마디 하면서 지나가는 형사 역이었다. 대사 없는 행인이나 술집 손님 등으로 출연하다가 처음 말하는 역할을 맡으니 너무 행복했다. 나는 말을 하는 사람이었다. 그걸 촬영장과 화면에서 확인하다니. 나는 새로 태어난 것만 같았다. 내가 레미콘 공장에 취직하지 않고, 배우로 인생을 시작했다면 전혀 다른 삶을 살았을지 모른다. 꽃미남 스타일의 악역 전문 배우가 되었을지도 모른다. 하얗고 부드러운, 귀엽게도 보이는 남자가 자기 안의 마성을 폭발시키는 장면은 생각만으로도 짜릿하다. 나는 잘못 뽑은 승차권으로 거꾸로 가는 기차를 탔는지도 모른다.

　허문비 뒤에 둘러서 있던 유령들이 나를 향해 걸어온다. 나는 안다. 저것들이 나를 끌고 지옥으로 내려가리라는 것을. 거기 들어서면 쓰던 글도, 희망도 버려야겠지. 모로 쓰러진 내 사지가 웅크러들고 몸이 오그라지고 있다. 마지막일지도 모를 경련이 내 몸을 지나갔다. 쓰러져 있는 내 입으로 빗방울이 들어온다. 핏물이 배인 흙냄새가 비릿하다. 보스가 무릎을 꿇고 나를 안아 올린다. 손으로 내 뺨을 어루만지며 눈물을 흘린다. 나는 겨우 손을 들어 보스를 지키려는 내 행동이 장렬했음을 알린다. 뺨에 떨어지는 보스의 눈물이 따뜻해서 나는 미소를 짓는다. 이 장면은 클로즈업으로 화면에 깊게 담기겠지. 어디선가 뭐라고 부르는 소리가 길고 아련하게 들린다. 컷, 하는 소리와 함께 감독과 촬영감독이 박수를 치는 소리도 들린다. 이 모든 소리와 빛이 갑자기 툭 끊기며 암흑이 번쩍 눈앞을 지나간다. 걸출한 격투 신을 건져 환희에 찬 감독이 달려오는 것 같다. 그러나 발소리는 점점 더 멀어졌고, 아련해지며 가늘어졌다. 마침내 희미한 잔향으로 내 귀에서 사라졌다.

선 혹은 진리는 연기할 수 있는가

정홍수(문학평론가)

 1986년부터 1991년까지 경기도 화성군 태안읍 인근에서 벌어진 연쇄살인 사건은 오랫동안 미제로 남아 있었고, 김광림의 희곡 「날 보러 와요」(1996)는 미궁에 빠진 사건의 수사 과정을 무대에 올렸다. 2003년 영화감독 봉준호는 김광림의 연극을 기반으로 공전의 화제작 「살인의 추억」을 내놓게 된다. 「살인의 추억」은 '미치도록 잡고 싶었다'는 영화의 슬로건과는 달리, 사건 당시 한국 사회의 정치적 지형을 섬세하게 알레고리화하는 가운데 끝내 아무것도 알지 못하는 '무지로의 여정'(허문영, 「'살인의 추억'과 '괴물'—장르와 지역정치학」, 『세속적 영화, 세속적 비평』, 강)을 매혹적으로 펼쳐놓는다. 문제의 해결이라는 스릴러 장르의 공식을 정면으로 거스른 이 영화의 성취가 심층에서 감독의 예술적 야심에 연결된 것이라 해도, 현실의 미제 사건에 대해 영화가 다른 결론을 제시할 수 없었으리라는 점도 분명하다. 영화의 마지막은 관객을 향한 전직 형사 박두만(송강호)의 응시로 끝나는데, 감독은 영화를 보러 온 범인이 박두만과 눈을 마주치기를 바라면서 이 장면을 연출했다고 밝힌 바도 있다. 허구의 극영화는 뚜렷이 현실의 사건을 환기하고 마주하고 있었던 것이다. 2019년 DNA 대조를 통해 1994년 '청주 처제 살인 사건'으로 무기징역을 선고받고 복역 중이던 이춘재가 진범으로 특정되고, 자백까지 이끌어냄으로써 영구 미제로 남을 것 같던 사건은 최초 사건 발생 이후 33년 만에 해결된다. 살인 사건들의 공소시효는 만료된 상태였다. 사건의 공식 명칭도 '화성 연쇄살인 사건'에서 '이춘재 연쇄살인 사건'으로 바뀐다. 그러나 공식적 해결과는 별도로 이 사건은 범행의 잔혹함과 횟수, 기간 등에서 한 사람의 범행으로 보기 어려운 측면이 있고, 미제로 남아 있던 오랜 시간도 여러 공백을 암시한다. 사건의 실재와 관련된 남아 있는 의문을 포함해서 악의 탐구라는 테마의 측면에서도 문학이나 영화, 여타 예술 장르의 관심이 이어질 가능성은 없지 않다.

물론 어떤 경우에도 영화 「살인의 추억」이 갖고 있는 압도적인 영향력을 의식하지 않기란 힘든 일일 테다.

정광모의 신작 장편 『어둠의 연기법』은 주인공인 화성 연쇄살인범 '나'(두 건의 살인만을 저질렀다고 주장한다)가 영화 「살인의 추억」을 보는 장면에서 소설을 시작함으로써 선행 텍스트의 영향을 아예 인물 내부로 던져 넣는다. 일종의 정면돌파라 할 만한데, 역설적으로 참신한 소설적 상상의 입구를 찾아낸 것처럼 보인다. 그런데 영화 「살인의 추억」은 단순히 현실 사건의 상상적이고 예술적인 외부가 아니라, 이미 그 자체로 '화성 연쇄살인 사건'의 내부로 접혀 들어가서 현실 사건에 포함되고 그것을 사후적으로 재구축하고 있다는 점에서 작가의 선택은 충분히 수긍할 만한 것이기도 하다. 「살인의 추억」은 말 그대로 '화성 연쇄살인 사건'의 구성적 외부이기도 한 것이다. 다른 한편, 영화가 개봉했을 때 무기수로 복역 중이던 진범 이춘재가 극장에서 영화를 보는 게 불가능했다는 사실을 감안한다면, 『어둠의 연기법』은 사건의 실재에 대한 독자적인 서사와 상상을 여투어둔 채 출발하고 있는 셈이다. 소설에서는 두 건의 살인을 저지른 '나'와는 별개로 화성에서 훨씬 더 많은 살인을 저지른 도광수라는 존재를 상정한다. 그리고 '나'와 도광수의 조우를 특별한 서사적 사건으로 준비하여, 이로부터 악에 대한 '나'의 자기기만적 억견과 망상이 자라 나오게 만든다. '나'가 자신의 살인을 다룬 영화를 보고 충격을 받은 뒤 영화와 연기의 세계로 뛰어드는 이야기가 『어둠의 연기법』의 중심 서사를 이루고 있다면, '나'와 도광수의 이야기는 악에 대한 질문과 탐구라는 소설의 또 다른 목표를 향한 내밀하고 심층적인 출발점이 되고 있다.

『어둠의 연기법』이 영화 「살인의 추억」과 맺고 있는 상호텍스트성은 현실과 허구 양쪽에 걸쳐 있다고 할 수 있는데, 작가는 '나'를 연기자의 세계에 투신하게 하는 방식으로 현실과 허구를 잇는 소설적 뫼비우스의 띠를 중층화하고 정교화하고 있다. 말할 것도 없이 연기는 실재하는 몸으로 현실과 허구를 동시에 사는 일이다. 소설의 마지막에 나오는 허문비와의 격렬한 격투 신(scene)은 핍진한 연기의 앙상블을 구현하는 시간이면서, 악의 처벌과 응징이 실현되는 시간이기도 하다. 10쪽 넘게 이어지는 격투 신의 묘사에 작가는 특별한 공을 들이는데, 바로 이곳이 소설의 절정이자 정수라는 사실을 힘주어 보여주고자 한다.

허문비가 주먹을 내 턱에 꽂아 넣는다. 이가 부서진다. 연이은 강타에 내 무릎이 풀린다. 허문비는 이제 마음껏 나를 공격한다. 나는 무너져 내린다. 카메라 두 대가 동시에 클로즈업으로 나를 잡고 있다. (……) 허문비 뒤에 둘러서 있던 유령들이(화성에서 살해된 피해자들—인용자) 나를 향해 걸어온다. 나는 안다. 저것들이 나를 끌고 지옥으로 내려가리라는 것을. 거기 들어서면 쓰던 글도, 희망도 버려야겠지. 모로 쓰러진 내 사지가 웅크려들고 몸이 오그라지고 있다. 마지막일지도 모를 경련이 내 몸을 지나갔다.(177~178쪽)

그런데 이것은 '나'의 진정한 자기 처벌일 수 있는가. 아무리 실제에 방불한들, 연기는 끝내 연기일 수밖에 없지 않나. 허문비의 언니 역시 잔혹한 폭력의 희생자라는 사실에서 '나'에 대한 처벌과 응징의 당위성이 주어질 수는 있다. 소설에는 '나'가 허문비를 폭행하려다(허문비에 대한 '나'의 욕망은 에로스와 타나토스의 혼란스러운 뒤섞임으로 나타난다) 거꾸로 제압당해 과거의 살인을 고백할 수밖에 없는 상황이 나온다. 여러모로 허문비는 '나'가 수행하는 자기 처벌의 대리 심판자-수행자로 등장하는데, 처벌이 연기의 프레임 안에 있는 한 상징적인 차원을 넘어설 수 없다. 기실 '나'가 연기에 매혹된 것은 거기서 "또 다른 나가 되는 길"(39쪽)을 발견한 때문이다. 그러나 그것은 정확히 화성 레미콘 공장에서 일하는 '나'와 밤에 논둑과 농수로를 배회하며 살인의 대상을 찾던 '나'의 분화와 어떻게 같고 다른가. 후자의 경우, '또 다른 나의 연기'는 실제적 살인으로 귀결된다. 그런데 연기의 세상에서 '또 다른 나'의 발견은 분신과 가면 놀이일 뿐이다(극중 인물과의 동일시를 통해 극사실주의적 연기를 추구하는 '메소드 연기'가 있는 한편에, 로베르 브레송 감독처럼 배우를 대사 전달의 중립적 모델로 쓰는 관점이 존재한다는 사실을 음미해볼 수도 있겠다). 어쨌든 이 둘 사이에 어떤 식으로라도 등가성이 확보되지 않는다면, '나'의 연기 투신은 자기 처벌을 거쳐 구원의 계기를 품을 수 없다. 오히려, '나'의 연기는 악마적 분신의 존재에 대한 정당화의 수단이 될 수도 있다.

다시 말해 『어둠의 연기법』에서 '나'를 매혹하는 연기의 세계는 마법의 뫼비우스의 띠처럼 도착한 동시에, 소설 속 '나'의 서사적 행동 전부를 무화할 수 있는 (윤리적) 폭탄을 내장하고 있는 셈이다. 이것은 소설 『어둠의 연기법』이 스스로 불러들인 아포리아인데, 작가는 '나'라는 인물의 시도가 철저히 실패하는 과정을 보여줌으로써 여기에 대답하고 있는 것으로 보인다. 소설에서 '나'의 악은 어린 시절 어머니를 성적으로 착취하고 정신적으로 지배한 '가짜 아비'인 '알통'의 존재로부터 자라나온 것으로 이야기된다. 물론 '알통'의 폭력은 어린 '나'에게도 지속적으로 가해진다. 그런 가운데 '알통'이 종말론을 신봉하는 사이비 종교 단체의 일원으로 그려지는 것도 암시적이다. 나중에 '나'는 악의 기원에 대한 우화를 써나가면서 생각한다. "하느님이 창조를 멈출 수 없다면, 범죄자는 범죄를 멈출 수 없다고. 신은 자신에게 복종하는 인간을 만들겠다며 탐욕을 부린 대가를 치러야 한다고."(91~92쪽) '나'가 그토록 증오한 '알통'의 자리를 욕망한 것처럼, 악의 기원에는 창조주의 존재가 함께 있는 것이다. 이 논리 안에서 악을 만든 것은 순수에 대한 집착이 된다. 사이비 종말론/구원론에서 전형적으로 반복되는 구도인 셈인데, 사실 그 원류는 에덴동산이라는 순수한 기원을 상정하는 기독교의 서사 안에 있다. 악에 대한 '나'의 사유는 전적으로 모방에 기초한 것이며, 거기에 자신만의 고유한 사유의 노동은 없다. 이렇게 말해도 좋다면 '나'는 '무사유'의 전형이며, 그런 한에서 한나 아렌트가 말한 악의 진부

성(banality)을 충실히 재연하고 있다. 다음은 '나'가 악의 기원에 대해 쓰고 있는 미완성 우화의 일부다. 어쩌면 여기가 결론일지도 모르겠다. 더 나아갈 곳이 있을까.

하느님이 동산에 들렀을 때 남자가 하느님의 등 뒤에서 활을 쏘았다. 하느님이 화살을 맞고 쓰러지자 여자가 달려가 칼로 하느님의 목을 베었다. 남자와 여자는 하느님의 목을 구덩이에 던지고 동산 밖으로 떠났다. 남자와 여자는 하느님이 말한 악이 뭔지를 깨달았다. 그들은 악한 생각에 따라 악하게 행동했다. 그러나 두렵지 않았다. 남자와 여자는 말했다. 어떤 인간이라도 이렇게 할 수밖에 없었을 거야. 우리가 처음이지만 그건 우리가 일찍 창조되었기 때문이야. 우리 뒤로 우리보다 더 악한 사람들이 줄을 이어 나타나겠지. 수만 명, 수십만 명을 단번에 죽이는 절대 악도 탄생할 거야. 거기에 비하면 우리의 악은 작고 소박하다니까. 우린 괴로워할 이유가 없어.(144~145쪽)

'나'는 스스로를 도광수보다 '착한'(그러니까 덜 악한) 인간이라고 여기는데, 이유는 도광수에 비해 자신이 저지른 살인의 횟수가 적기 때문이다. "나도 나쁜 놈이지만 도광수만큼 사악하지는 않았다. (……) 놈은 나의 더 악한 면을 압축한 분신이었다. 나는 도광수를 죽여 앞으로 있을 살인을 막음으로써 내가 저지른 과거를 속죄할 수도 있었다. 그게 가능했을까? 내가 진정 그 길을 원했을까? 나는 도광수가 두려웠다."(100∼101쪽) '나'는 사유의 능력도 없지만, 용기도 없다. 기실 '나'의 악은 알통의 악을 모방하는 가운데 자라났고, 악에 대한 생각과 상상 역시 그러했다. 사정이 그렇다면, '나'가 살인을 연기하는 영화에 매혹을 느끼고, 연기의 세계에 빠져드는 것도 전혀 이상한 일이 아닌 셈이다. '나'의 연기는 시뮬라크르의 자리에서 진리 과정을 모방할 뿐이다. 그런 한에서 '나'가 연기를 통해 찾고 있는 '또 다른 나'는 추상적인 가상을 벗어나지 못한다. '또 다른 나'의 발견은 '죽음을 향한 존재', 즉 생물적 종으로서의 '인간-동물'의 자리를 거부하고 스스로를 '불사의 존재'로, '인간'으로 상상하고 주체화해나가려는 충실성의 시간 없이는 가능하지 않다(알랭 바디우, 『윤리학』, 이종영 옮김, 동문선). "악이 존재한다면 악은 선으로부터 사고되어야 한다. 선에 대해 고려하지 않는다면, 즉 진리에 대해 고려하지 않는다면 선과 악이 미치지 못하는 곳에 있는 삶의 잔혹한 결백성만이 존재할 뿐이다."(같은 책, 76쪽) 진리 과정, 선을 사유하지 못하는 '나'의 자리에 남아 있는 것은 끝없는 시뮬라크르의 시간일 뿐이다.

허문비의 역할은 정확히 이러한 '나'의 실패를 증언하고, '나'가 만들어낸 망상으로서의 '악의 기원'에 파산을 선고하는 것이다. '나'의 살인의 고백이 허문비 앞에서 이루어져야 하는 이유도 여기에 있다.

나는 허문비의 집이 아니라 그날 밤 바람 부는 들판 농로에서 있었다. 나는 가상의 카메라에게 실토했고 동시에 허문비에게 고백했다. 나는 지금껏 누군가에게 고백할 기회를 기다렸는지도 모른다. 악의 무게는 천근만근 무거워 나를 짓눌렀다. 악은 선을 알지만 선은 무거운 무쇠 덩어리를 단 악을 모른다.(161쪽)

틀렸다. 선을 통해서만 우리는 악을 사유할 수 있다. 선만이 악을 알 수 있다. '나'의 고백은 실패할 수밖에 없다. 소설의 마지막은 영화의 한 장면으로 마련된 '나'와 허문비의 대결 신이다. 소설은 '나'의 최종적 실패가 이루어지는 장소 역시 가상과 모방의 그것이어야 한다고 믿는다.

그의 구원이 끝내 헛된 희망으로 남을 수밖에 없듯이.

　정광모의 장편『어둠의 연기법』은 '살인자가 자신의 살인을 다룬 영화를 본다'는 상상에서 출발해 살인자의 혼돈스러운 내면을 다각도로 따라간다. 이 과정에서 현실의 연쇄살인 사건과 선행 텍스트「살인의 추억」의 존재는 흥미로운 변용을 거치며 인물을 영화와 연기의 세계로 이끈다. 연기는 현실과 허구의 경계를 지우고, '또 다른 나'를 사는 가능성으로 부상한다. 소설은 여기서 참회와 구원의 계기를 발견하고자 하나, 악의 무지에 사로잡힌 인물은 끝내 길을 찾지 못한다. 이 간극, 아이러니가『어둠의 연기법』을 역설적으로 악에 대한 질문과 사유로 이끈다. 소설에서 제시된 악의 무사유는 반드시 '나'란 인물만의 무능은 아닐 것이다. 우리는 선을 사유할 수 있는가. 선 혹은 진리의 과정에 우리를 던져 넣는 충실성은 어떻게 가능한가. 연기하는 '또 다른 나'가 아니라 우리 자신을 최초의 사건으로 만드는 '주체화'의 시간은 어떻게 도래하는가. 죽음을 향해 달려가는 '인간-동물'의 자리를 거절하고, '불사의 존재'로 인간을 상상한다는 것은 무슨 의미인가. 이것은 괴롭지만, 피해서는 안 되는 질문이다. 허문비의 심문과 타격은 그 물음이 개시되는 자리일 것이다.

소설에서 발상이 중요하다는 말을 들었다. 소설을 요약한 세 줄 문장이 인상적이면 완성된 작품이 시선을 더 끌수 있다는 말도 들었다. 작품에서 개성 있는 인물이 뛰어난 발상이라는 옷을 입고 길을 떠나면 독자가 보기에도 흥미로운 여행이 될 것 같다. 색다른 발상이 깔린 소설을 읽으면 작가는 어디서 이런 생각을 떠올렸을까 궁금해지기도 한다. 신선한 발상은 결국 상상력에서 나오지 않을까? 경험과 취재도 발상에 한몫하겠지만 아무래도 상상력에서 나오는 힘을 따라잡지는 못할 것 같다.

이 작품의 발상은 '살인자가 자신의 살인을 다룬 영화를 보고 받는 충격'에서 시작한다. 살인자는 영화에 남은 자신의 흔적을 여러 곳에서 발견하고 경악한다. 동시에 살인자는 영화라는 장르 자체에 호기심이 솟고 연기를 배우겠다고 결심한다. 살인자의 연기법이 시작되는 것이다.

주인공은 영화라는 예술에 반해 연기의 세계에 발을 내딛지만 살인의 악습에서 벗어나는 것은 쉽지 않다. 주인공이 예술가로서의 연기를 계속했다면 예술은 사악했던 그에게 탈출구를 만들어줬을지도 모를 일이었다. 그러나 그는 연기란 눈속임에 불과하다는 생각에 빠져들고, 그가 조금이라도 노력했던 참회와 새 출발의 마음은 스멀스멀 사라져버린다. 주인공은 자신의 '악'은 또 다른 살인범 도광수의 '거악'에 비하면 보잘것없고, 자신은 우연히 살인의 현장에 끌려 들어갔을 뿐 본질은 착하다는 착각이자 망상에 빠져든다. 주인공이 마지막으로 벌이는 격투 장면은 진정한 예술의 장면이 아니다. 주인공은 촬영 현장에서 상대편 행동대장인 허문비를 죽이고자 하는 욕망에 빠져 허우적댄다. 그에게 뛰어난 격투 촬영은 이미 연기의 영역이 아닌 살인의 무대로 넘어가고 만 것이다. 그러면서 주인공에게 실낱같이 남아 있던 회개와 구원의 가능성은 사라지고 만다. 주인공은 살인자의 죄를 응징받는 길에 스스로 들어선 것이다.

작품에서 새로운 형식을 시도해보았다. 변호사와 살인범의 무죄 판결을 둘러싼 시나리오를 넣었고, 하느님과 하느님이 창조한 인간 사이에서 벌어지는 '악의 기원'에 관한 판타지 우화도 들어갔다. 단순히 새로운 시도에 그치는 것이 아니라 이 작품의 주제를 더 살리는 계기가 되기를 바랐다.

이전에 낸 작품도 그랬지만 이 작품도 발상에서 창작과 퇴고까지 우여곡절을 겪었다. 한편으로 정확한 문장을 쓰는 것이 중요하면서도 어렵다는 것을 절감했다. 집중해서 퇴고에 더 매달려야겠다는 점도 다시 느꼈다.

이 책까지 합해 네 권의 장편과 네 권의 소설집을 냈다. 책을 낼 때마다 예술의 길이 멀고도 험함을 깨닫는다. 그저 꾸준하고 오래 문학의 길을 걸어야겠다고 마음먹어본다. '꾸준하다'는 말은 '한결같이 부지런하고 끈기가 있다'라는 뜻이다. '한결같이'라는 말의 어감이 와닿는다. 그 위에 '겸손하면서 당당하게'라는 단어가 얹어지면 더 좋을 것 같다.

마지막으로 책에 많은 관심과 노력을 기울인 강 출판사 대표와 편집자에게 감사드린다.

2022년 7월

정광모